Gefrorener Atem

B. A. Neff

Gefrorener Atem

Roman

Impressum

Bibliografische Information der Deutschen Nationalbibliothek:

Die Deutsche Nationalbibliothek verzeichnet diese Publikation in der Deutschen Nationalbibliografie; detaillierte bibliografische Daten sind im Internet über http://dnb.dnb.de abrufbar.

© 2020 B. A. Neff

Herzlichen Dank an: E. Neff

Herstellung und Verlag: BoD – Books on Demand, Norderstedt

ISBN: 978-3-7526-6236-8

Weitere Titel des Autors:

Damoklesschwert

Der Graf von Earlsbridge, Trilogie – Band I »Harte Zeiten«

Der Graf von Earlsbridge, Trilogie – Band II »Das Mal«

Der Graf von Earlsbridge, Trilogie – Band III »Hass und Liebe«

Der Graf von Earlsbridge, Trilogie – Band I-III Sammelband

Prolog

Im hohen Norden Kanadas dauert der Sommer nur drei Monate. Die meisten Menschen ziehen sich in wärmere Gegenden im Süden zurück, bevor der erste Schnee fällt. Sie kommen erst im Frühjahr wieder hoch in den Norden. Dann, wenn das Eis auf den Flüssen bricht und die Natur zu neuem Leben erwacht.

Nur sehr wenige, mit der Natur verbundene Menschen, wagen es, den harten Winter mit seinen unbarmherzigen Schneestürmen und den Temperaturen von nicht selten unter -40°C, im Norden zu verbringen. Für sie ist es nicht einfach ein Abenteuer. Es ist ein ständiger Kampf ums Überleben! Nur wer im Einklang mit der Natur lebt und wer sie versteht, hat reale Überlebenschancen.

Einige wenige harren mit der ganzen Familie aus. Andere lieben die Einsamkeit. Weit weg von der Zivilisation, nicht selten mehrere Tagesmärsche von den Nachbarn entfernt, kann eine einfache Erkrankung schließlich tödlich enden. Hilfe ist nicht zu erwarten!

Ein altes Sprichwort aus den nördlichen Gebieten des Yukon sagt frei übersetzt: „Wer sich im

Sommer und Herbst nicht gut auf den Winter vorbereitet, wird den Frühling nicht erleben!"

Und manchmal, wenn auch ganz selten, geschehen hier oben Dinge, die man mit einer rationalen Denkweise nicht nachvollziehen kann.

Ganz leise schlich er um den kargen Busch herum und legte sich im fahlen Schatten auf die Lauer. Genau hier war es! Genau durch diesen schmalen Taleinschnitt kam sie vor einem Jahr. Eine ganze Mammutherde, welche sich nach Süden in wärmere Gefilde aufmachte, um dort noch ein paar Stunden Sonne am Tag zu genießen, bevor der Winter mit seiner unerbittlichen Kälte und Dunkelheit Einzug hielt. Es war die letzte Jagd, die er mit seiner Mutter und seiner Schwester unternommen hatte. Die Mutter hatte ihm alles gezeigt und ihn auf das harte Leben eines Smilodon, eines Säbelzahntigers, vorbereitet. Er achtete auf die Windrichtung, seinen eigenen Schattenwurf, auf jede Bewegung. Das kleinste Geräusch konnte die Beute aufschrecken und den überraschenden Angriff vereiteln.

Er hatte die Herde schon drei Tage zuvor in der Ebene neben dem großen Fluss beobachtet. Doch dort, im offenen Gelände, hatte er mit seiner Jagd keinen Erfolg.

Nun aber hatte er einen Plan. Es musste ihm gelingen, genau hier die Herde überraschend aufzuschrecken und Verwirrung zu stiften. Bevor sich die Bullen und die wehrhaften Kühe schützend vor ihre Jungen stellen konnten, musste es ihm gelingen, eines davon von der Herde zu trennen. Er wollte es in die schmale Felsspalte gegenüber hetzen. Dort, wo der Durchgang zu schmal für ein Muttertier oder ein Bulle war. Wenn ihm das gelingen sollte, könnte er dem Tier auf den Rücken springen und es zu Fall bringen. Dann, und erst dann könnte er seine tödliche Waffe, seine langen, scharfen Säbelzähne in die Halsschlagader des Tieres rammen. Der nachfolgende Sprung vom Rücken des Tieres musste sehr schnell erfolgen. Er wollte nicht zwischen dem jungen, stürzenden Mammut und der Felswand eingeklemmt werden.

Das war sein Plan! Und dieser Plan sollte ihm Nahrung für die nächsten Tage liefern. Das dringend benötigte Fett für den Winter und das gute Gefühl, wenn das warme Blut seinen Jagddurst stillte.

Es war höchste Zeit, Nahrung zu finden. Die letzten Tage verrieten ihm, dass der Winter nahte. Am Morgen legten sich bereits die feuchten Nebelschwaden über die felsige Landschaft. Nicht selten knirschte das leicht gefrorene Gras unter seinen Pranken. Nachts durchzuckten ihn leichte

Wellen des Schlotterns. Sein Fell war noch nicht dick genug, um der Kälte standzuhalten. Dies würde noch ein paar Wochen dauern. Erst dann würde er gerüstet sein für den langen Kampf um Nahrung und den Kampf gegen andere wilde Tiere, die ebenfalls alles erjagten, was für einen kurzen Moment für einen vollen Magen sorgte. Wenn sich die Haare seines Fells aufstellten, um die Körperwärme zurückzuhalten, mochte dies kurzzeitig Linderung gegen die Kälte bringen. Doch er wusste, dass sein Fell dadurch auch Schmutz und Staub aufnahm, welchen er wieder mühsam herauslecken musste. Er hasste es! Ebenso hasste er die vielen Seen und Flussläufe, die er gelegentlich überqueren musste. Wasser war dazu da, den Durst zu stillen! Nicht, um darin fast zu ersaufen. Während er sich im Wasser befand, war er nichts! Alle Eigenschaften, welche ihn als den gnadenlosen Jäger auszeichneten, waren in diesem Augenblick nichts! Seine Krallen hatten keinen Halt, sein Atem hörte sich keuchend und erschöpft an und das verdammte Wasser drang kalt und gnadenlos durch sein Fell bis auf seine Haut und unterkühlte ihn. Wenn er am anderen Ufer das Wasser verließ, war er schwer und träge, bis er sich ausgiebig geschüttelt hatte. Doch genau währenddessen musste er seine Augen schließen und die Haut in seinem Gesicht anspannen, da das schwere Fell an seiner Kopfhaut zerrte. Es war eigentlich das

Widerlichste, das er kannte. Er fühlte sich immer so wehrlos, schwach und dumm. Zudem raubte das kalte Wasser seinen ganz persönlichen Geruch, der ihn von seinen Artgenossen eindeutig unterschied und mit welchem er sein Revier markierte.

Er wartete sehnlichst darauf, dass die Seen und Wasserläufe mit Eis überzogen wurden. Dann war er diese Probleme los. Seine Mutter hatte ihm zwei Orte gezeigt, an welchen der Bach auch im kältesten Winter nicht ganz zufrieren konnte. Dort trank er das Wasser, das er zum Leben brauchte. Dies tat er aber nur dann, wenn er sich für ein paar Tage in seine warme Felshöhle zurückzog um in einen winterschlafähnlichen Zustand zu verfallen. Jetzt war es aber höchste Zeit, seinen Magen zu füllen!

Während er lauerte und immer wieder die Luft tief einatmete, versuchte er sich an alle gelernten Einzelheiten zu erinnern, die ihm seine Mutter beigebracht hatte. Ramme nie deine Zähne in irgendwelche Knochen des Opfers! Suche immer fleischige Stellen, da sonst die Zähne hängenbleiben und abbrechen können. Ein Smilodon ohne Säbelzähne könnte nur noch kleine Tiere wie Faultiere und dergleichen erjagen oder die Reste von bereits toten Tieren essen. Er wollte aber frisches Fleisch! Er mochte es, wenn sich seine scharfen Krallen in den Körper des Opfers bohrten und sich das Fell um seine Schnauze mit warmem Blut vollsog. Er wollte, dass das Blut aus dem Opfer quoll, wenn er ihm mit seinen Pranken das Fell aufriss. Die Vorfreude ließ ihn schaudern.

Ein junges Mammut würde ihm für mindestens zwei Wochen Fleisch liefern. In den bereits sehr kalten Nächten würde es nicht so schnell verderben.

Doch zuerst brauchte er den Erfolg! Er wartete. Die Nacht brach früh herein und die Kälte floss wie ein Strom zwischen den Steinen und Büschen hindurch und suchte sich den Weg in die Tiefe. Sein Körper wurde langsam steif und er ging unruhig im Kreis, bevor er sich erneut auf die Lauer legte. Die Dämmerung war seine Zeit! Mit den guten Augen konnte er auch im Halbdunkel viel mehr sehen als seine Beute. Das Problem war nur, dass sich die Mammutherden in der Regel vor Einbruch der

Dunkelheit einen Platz für die Nacht suchten und die Kälber in ihre Mitte führten.

Sein Magen knurrte und schmerzte. Er starrte noch lange in die leere Schlucht hinunter, bis es zu dunkel wurde und er schließlich nichts mehr erkennen konnte.

Frustriert legte er sich hin. Sein Magen knurrte ihn in den Schlaf. Seine Träume waren verwirrend und sein Körper zuckte immer wieder. Zwischendurch stand er im Halbschlaf kurz auf, drehte sich zwei, drei Mal um die eigene Achse und rollte sich erneut auf dem kalten Boden ein. Sein Leib zitterte fast unmerklich.

Der modrige Geruch der Mammutherde weckte ihn auf. Das spärliche Tageslicht bildete erst einen schmalen, hellen Streifen am Horizont. Nun hörte er das Schnaufen der großen Tiere, welche sich durch die steile Schlucht hinaufkämpften. Er war augenblicklich hellwach. Seine Muskeln spannten sich an und sein Atem ging schneller. Jetzt nur keine Fehler machen!

Er verharrte still und horchte. Dann erschien der mächtige, pelzige Haarschopf des ersten Bullen hinter dem Felsband. Vorsichtig führte er die Herde Schritt für Schritt die schmale Schlucht hinauf.

Aufmerksam beobachtete er die Umgebung. Seinen Augen entging nichts. Er hatte die Verantwortung. Durch sein Verhalten überlebte die Herde oder sie starb.

„Duck dich! Mach dich klein!", mahnte die innere Stimme des Raubtiers und der Körper verschmolz mit der Umgebung. Sein Herz begann zu rasen. Auf seinem Rücken stellten sich die Haare seines Fells auf und er spürte das Adrenalin in seine Adern schießen. Er musste zuerst die ganze Herde sehen! Wo befanden sich die Jungtiere? Es folgten ein junger Bulle und zwei Kühe. Erst mit etwas Abstand eine weitere Kuh mit ihrem Jungen an der Seite. Das Kleine stapfte unbekümmert neben dem schützenden, massigen Körper seiner Mutter her. Doch dann folgte in unmittelbarer Nähe ein weiterer Jungbulle. „Zu gefährlich!", dachte sich der Jäger, „nie vor die Stoßzähne eines Bullen geraten!"

Schließlich passierten weitere sechs Tiere die Stelle, bis wieder ein Jungtier folgte. „Das ist es! Dieses Tier wirst du dir holen!", zuckte es durch den Kopf des Lauernden. Doch dann folgten zwei weitere Kühe und schließlich wurde es ruhig.

Er wartete noch einen Moment, bis er sich entschloss, der Herde in sicherem Abstand zu folgen. Vielleicht ergab sich später noch eine Möglichkeit. Er erhob sich langsam und wollte sich in Bewegung setzen, als er aus der Schlucht

Geräusche vernahm. Sofort kauerte er sich wieder ins dürre Gras und blickte zum Rand des Felsens. Plötzlich stürmte ein halbwüchsiger Bulle vorbei und versuchte den Anschluss an die Herde zu finden. Dicht gefolgt von einer Kuh mit ihrem Jungen. Aus irgendeinem Grund waren sie zurückgefallen und stapften nun ziemlich unvorsichtig durch die Schlucht. Den Blick starr auf die verschwindenden, letzten Tiere der Herde gerichtet.

Der Räuber kniff die Augen zusammen. „Jetzt!", befahl ihm die innere Stimme und er schoss wie ein Pfeil aus dem Gestrüpp. Mit drei, vier weiten Sprüngen war er in der Schlucht und sprang genau zwischen die Mutter und das Kalb. Er brüllte so laut er konnte. Der Bulle war bereits an der schmalsten Stelle zwischen den Felsen angelangt und musste zuerst ein paar Schritte rückwärtsgehen, damit er sich drehen konnte. Die Kuh stieß einen durchdringenden Warnruf aus und warf sich dem Jäger entgegen. Doch dieser befand sich bereits im Rausch! Es war ihm innerhalb einer Sekunde gelungen, das Jungtier zur Flucht zu zwingen. Von seiner Mutter weg! Sofort war er hinter ihm und drängte es in die schmale Felsspalte. Doch die Kuh war bereits an ihm dran und versuchte ihn mit dem Rüssel zu fassen. Der Boden unter ihren Füssen bebte. Auch der junge Bulle war nun zur Stelle und versuchte den Jäger mit seinen Stoßzähnen zu treffen. Im letzten Moment schlüpfte die Katze zwischen den Felsen hindurch. Der laute Knall, als die Stoßzähne des wütenden Bullen an den Stein prallten, verriet dem Jäger, dass er nun freie Bahn hatte. Weiter konnten ihm die Großen nicht folgen.

Sofort setzte die Raubkatze zum Sprung auf das Jungtier an. Sie grub ihre Krallen in den Rücken und den Nacken des Opfers und brachte es zu Fall. Das Kalb schrie auf, als es gegen den Fels prallte. Der Jäger verspürte einen stechenden Schmerz im Rücken! Sofort löste er seine vorderen Krallen aus dem Fell seiner Beute und wollte sich auf den felsigen Boden fallen lassen, um erneut zuzubeißen. Es war aber bereits zu spät. Das junge Mammut hatte ihn zwischen sich und der Felswand eingeklemmt. Es versuchte sich aufzurappeln und rief kläglich nach seiner Mutter.

Der Jäger fasste mit den vorderen Pranken nach und versuchte den tödlichen Biss anzusetzen, doch sein hinterer Körperteil gehorchte ihm nicht mehr! Der stechende Schmerz lähmte ihn. Er stieß einen Schmerzensschrei aus. Das junge Mammut richtete sich wieder auf und gab den eingeklemmten Jäger frei. Normalerweise hätte sich dieser sofort wieder auf seine Beute gestürzt und sein Werk vollendet, doch er konnte nicht. Seine Hinterläufe gehorchten ihm nicht mehr. Von seinem Becken an abwärts schien es ein fremder Körper zu sein. Es war keine Bewegung mehr möglich. Verwirrt und knurrend vor Schmerz beobachtete er, wie sich das kleine Mammut langsam rückwärts bewegte und dem Ruf seiner Mutter folgte. Schließlich konnte es seinen gedrungenen Körper zwischen den Felsen wenden und humpelte aus der Felsspalte hinaus in die Schlucht zurück, wo es von der Mutter mit dem Rüssel umfasst und sofort aus der Gefahrenzone gezogen wurde.

Das wilde Rufen der restlichen Herde, welche vollständig zur Unterstützung zurückgeeilt war, verstummte und es wurde ruhig in der Schlucht.

Der Jäger brauchte einen Moment um zu verstehen, was eben passiert war. War es genau das, wovor ihn seine Mutter gewarnt hatte? Es konnte doch nicht sein, dass er, der große und gefürchtete Jäger hilflos wie ein Welpe im Dreck lag und sich kaum mehr bewegen konnte!

Sein Instinkt, sein Überlebenstrieb gab ihm nochmals Kraft. Er stützte sich auf die vorderen Pranken und versuchte seinen Körper aus der Felsspalte zu zerren. Doch nach wenigen Metern sackte er zusammen. Er keuchte, wimmerte. Er rollte sich ein und leckte seine tauben Hinterläufe. Immer und immer wieder. Doch nichts half. Mit einem Brüllen sackte er wieder in sich zusammen.

Sein wild gehender Atem blies den Sand und den Staub vor seiner Schnauze weg. Dann wurde ihm schwarz vor Augen.

Er kam erst wieder zu Bewusstsein, als es schon tiefe Nacht war. Der Vollmond warf sein kühles Licht an eine der Felswände. Der Jäger zitterte vor Kälte. Den Schmerz im Rücken spürte er nur noch, wenn er versuchte, sich zu bewegen. Sein Hinterteil lag in einer Pfütze aus Kot und Urin. Er versuchte noch einmal sich auf alle Viere zu stellen, sackte aber sofort wieder zusammen. Sein Atem ging schwer.

Nach einer Weile vernahm er das Hecheln eines Tieres. Er riss den Kopf herum und starrte zum Ausgang der Felsspalte. Was er auf sich zukommen sah, stellte ihm die Nackenhaare auf und ließ ihn erschaudern.

Ein Canis dirus! Eines dieser ekelhaften Wolfartigen Monster kam direkt auf ihn zu. Er hasste sie! Sie jagen im Rudel und haben ihm schon mehrmals seine Beute abgejagt, für welche er zuvor Stunden oder Tage auf der Lauer gelegen hatte. Ihn anzugreifen haben sie nie gewagt. Er war zu groß und zu gefährlich für sie. Doch jetzt? So wehrlos wie er dalag? Ein weiteres und noch ein drittes Tier schlichen heran. Sie knurrten und zogen ihre Lefzen hoch. Sie fletschten ihre Fangzähne und ihr Speichel tropfte auf den Boden. Ihr stechender Blick durchbohrte das Opfer förmlich. Der verwundete Jäger versuchte sich aufzurichten und riss seine Schnauze auf. Als die Wölfe die Säbelzähne erblickten schreckten sie zurück und verharrten kurz in Lauerstellung. Schließlich kam noch ein viertes Tier dazu und gemeinsam näherten sie sich ihrem Opfer.

„Den ersten werde ich noch töten können", dachte sich der Verwundete und ließ seinen Rachen offen stehen. Seine ausgefahrenen Krallen an den vorderen Pfoten suchten Halt in der Erde. In dem Moment, wo das Rudel zum tödlichen Angriff ansetzen wollte, ertönte von der Schlucht her ein lautes, kehliges Knurren. Sofort hielten die Wölfe inne. Das Opfer beobachtete die Szene aufmerksam, konnte sich aber die Abläufe nicht erklären.

Schließlich drängte sich ein riesiger, schwarzer Wolf zielstrebig zwischen dem Rudel hindurch und kam geradewegs auf die verwundete Säbelzahnkatze zu. Die anderen wichen unterwürfig zur Seite. Vor der Katze blieb der Schwarze stehen. Sie schauten sich direkt in die

Augen. Ihre Nasen berührten sich fast. Jeder konnte den Atem des anderen riechen und spüren.

Es hatte etwas Hypnotisches. Sie verharrten eine ganze Weile in dieser Position. Dann gab der große, schwarze Wolf ein ganz leises Winseln von sich. Sofort machten alle anderen kehrt und trotteten aus der Felsspalte. Als Letzter folgte ihnen der Schwarze. Vor der Schlucht blickte er nochmals kurz zurück, blieb einen Augenblick stehen und verschwand dann schließlich im Dunkeln.

Der Säbelzahntiger verstand nicht, was gerade eben geschehen war. Er spürte aber, dass ihn der große, schwarze Wolf gerettet hatte. Doch was nützte es ihm?

Er erlebte noch vier Sonnenaufgänge und drei Monde, bevor er plötzlich immer leichter wurde, ihn eine kühle aber angenehme Wolke umhüllte und es für immer Nacht wurde.

Mitte November 1997. Yukon Territory, ca. 450
Kilometer nördlich von Dawson City

Rick Dempsey schloss die Tür seiner Blockhütte
und legte den schweren Sperrbalken vor. Erst
letzten Winter hatte der Sturm diese Tür
aufgedrückt und Rick fand bei seiner Rückkehr die
Hütte mit Schnee gefüllt vor. Das sollte ihm nicht
noch einmal passieren. Zudem schützte der Balken
gegen die Bären, welche auf der Suche nach
Nahrung nicht selten ungesicherte Hütten
verwüsten. Es war eine einfache aber sehr solide
gebaute Hütte. Er musste dafür über hundert Bäume
fällen, die Stämme bearbeiten und zuschneiden,
bevor er sie lückenlos zusammenfügen konnte. Er
wollte damals alles mit seinen eigenen Händen
bauen. Doch nachdem er bereits zwei Sommer lang
gebaut hatte und der nächste Winter nahte, bat er
trotzdem seinen Bruder um Hilfe. Gemeinsam
schafften sie es, das Dach vor dem ersten Schnee zu
decken und den Ofen einzubauen. Der erste Winter
war hart, da die Isolation noch fehlte. Rick brauchte
unglaubliche Mengen an Holz, um die Hütte auf
eine erträgliche Temperatur zu beheizen. Er
verbrachte den ganzen Tag damit, Holz zu hacken,
Schnee zu schmelzen und zu hungern. Ihm fehlte

schlicht und einfach die Zeit, auf die Jagd zu gehen. Mittlerweile ließ es sich aber ganz gut wohnen.

Sein Blick verfinsterte sich, als er bemerkte, dass er keinen einzigen Stern am Himmel sehen konnte. Eigentlich hätte er in der Hütte bleiben und die weitere Wetterentwicklung abwarten sollen. Doch es drängte ihn nach draußen. Er wollte seine Fallen kontrollieren und vielleicht noch ein Tier schießen, bevor das Wetter endgültig umschlägt.

Seine sechs Schlittenhunde zerrten schon aufgeregt an ihren Leinen, mit denen jeder einzelne vor seiner eigenen Hundehütte angebunden war. Sie kannten das Ritual. Immer wenn Rick den Sperrbalken vorlegte, deutete dies auf eine längere Fahrt mit dem Schlitten hin.

Rick trat die Schlittenbremse in den harten Schnee vor der Hütte und führte einen Hund nach dem andern zur Leine. Er zog ihnen das Zuggeschirr an und kontrollierte ihre Pfoten. Rick schätzte die Temperatur auf etwa -30°C. Sollte es noch kälter werden und kein Neuschnee fallen, würde er den Hunden die Booties anziehen, um ihre empfindlichen Pfoten zu schützen. Doch im Moment war das noch nicht nötig. Die Tiere waren wie immer vor einer Fahrt aufgeregt und kaum zu bändigen. Rick musste eine genaue Reihenfolge einhalten. Jede Veränderung im Ablauf hätte die Tiere verunsichert.

Nach einer Weile waren alle Hunde vorgespannt. Rick warf nochmals einen Blick auf den bepackten Schlitten und griff sich an die Brusttasche seiner Daunenjacke. Er spürte das Jagdbuch, welches er immer mitführen musste. Auch wenn die Chance äußerst gering war, dass er hier draußen einem Constable der RCMP begegnen sollte, wollte er nichts riskieren. Wenn er ohne das Buch erwischt wird, konnte er seine Jagd- und Fallenstellerlizenz verlieren. Er musste jeden Abschuss und jede erfolgreich gestellte Falle dokumentieren und halbjährlich Rechenschaft abliefern. Auf diese Weise hatten die Behörden eine bessere Übersicht über die Tierbestände und konnten bei Überpopulationen entsprechende Abschusskontingente freigeben oder eben bestimmte Tiere vor Abschüssen bewahren. Es war ein laufender Versuch der Behörden, welchen Rick in seinem eigenen Interesse unterstützte.

Er prüfte den Sitz seines Gewehres in der Seitentasche des Schlittens und seiner „.45er" Magnum am Gürtel. Dieser Revolver war illegal.

Das wusste Rick genau. Aber seit seiner Begegnung mit dem wütenden Grizzly vor zwei Jahren, wollte er neben dem Gewehr noch eine Kurzdistanzwaffe bei sich haben. Damals überraschte er den gewaltigen Riesen eines Bären genau in dem Moment, als sich dieser über einen gerissenen Biber beugte und ihn zerfetzen wollte. So ziemlich die gefährlichste Situation überhaupt! Für den Bären war er in diesem Moment nichts anderes als ein Konkurrent, der ihm seine Beute abjagen wollte. Das Tier ging sofort zum Angriff über. Bis Rick sein umgehängtes Gewehr in Anschlag bringen konnte, war der Grizzly bereits über ihm. Er konnte zwar noch eine Kugel abfeuern, welche aber ihr Ziel verfehlte. Das Tier verpasste Rick einen Schlag an die Schulter, dass diese aus dem Gelenk sprang und er selber durch die Luft gewirbelt wurde. Er wurde regelrecht weggewischt und flog unter den liegenden Stamm eines geknickten Baumes. Das war sein Glück! Der Bär konnte ihn dort nicht mehr erreichen und ließ ziemlich bald von ihm ab. Benommen und von den Schmerzen gequält, musste Rick Stunden ausharren, bis sein Gegner den Biber fertig gefressen hatte und davon trottete. Wie hätte er sich damals einen Revolver gewünscht! Deshalb hat er sich einen illegal gekauft.

Sollte er damit erwischt werden, würde die Waffe eingezogen und eine Busse von achtzig Dollar fällig. Ansonsten hätte es keine Konsequenzen. Das war das Risiko wert.

In Gedanken ging er nochmals seine Checkliste durch. Feuer gelöscht. Kamin verschlossen. Wasserkrüge geleert. Fensterläden fixiert. Mitteilung mit Aufenthaltsort und Datum auf den Tisch gelegt. Sperrbalken vorgelegt. Leiter zum hochstehenden Vorratshäuschen weggelegt. Stacheldraht an den Beinstützen des Häuschens kontrolliert. Jagdbuch eingepackt. Nahrung für sich und die Hunde eingepackt. Ein wenig trockenes Holz und Anzündmaterial auf dem Schlitten. Kleines Notfallset in der Schlittentasche. Reservepatronen in der Schlittentasche. Stirnlampe, Reservebatterien und so weiter.

Diese Überprüfung war lebenswichtig. Dazu nahm er sich immer die nötige Zeit.

Nach einem letzten Blick zur Hütte, riss Rick den Anker aus dem Boden und gab den Hunden das Kommando loszulaufen. Die ersten Meter ließ er die Tiere immer voll antreten, um das Adrenalin wirken zu lassen. Nach ein paar Minuten drosselte er mit einem Kommando an Cooper, seinen Leithund, die Geschwindigkeit, bis das Gespann gemächlich dahintrottete. Sie kamen gut voran. In dem hügeligen, mit vielen kleinen Seen durchsetzten Gebiet zwischen Eagle Plains und Old Crow, kannte sich Rick bestens aus. Obschon sich im November die Sonne kaum mehr blicken ließ und die Landschaft dunkler und dunkler wurde, fand er sich gut zurecht. Nur im nordwestlichen Teil seines Jagdgebietes, also in Richtung Old Crow, kannte er sich noch nicht gut aus. Es kam nicht selten vor, dass er Cooper seinen Weg laufen ließ, wenn er selber nicht mehr genau wusste, wo er sich befand. Cooper kannte mittlerweile fast alle Wege zu den Stellplätzen der Fallen auswendig. Er war unglaublich kräftig und mental sehr stark. Die Kommunikation zwischen ihm und Rick war nahezu perfekt. Auch Gospel, welcher als zweiter Leader in der Frontreihe lief, gehorchte Rick aufs Kommando. Hinter ihnen die beiden sogenannten „Swinger", Minuk und Josh, welche mental nicht sehr stark und auch körperlich etwas benachteiligt waren, liefen einfach mit. Sie vertrauten Cooper blind. Direkt vor dem Schlitten liefen die beiden „Wheeler" genannten, Luke und Zeus. Sie waren die Kraftpakete und zogen die Hauptlast. Rick staunte immer wieder, wie die beiden ihre Läufe in den Schnee rammten und sich ins Geschirr warfen. Gelegentlich aber zickten sich die beiden an und schnappten über die Hauptleine nach dem Nachbarn. Rick musste immer ein Auge auf die beiden haben.

Er hatte alle Hunde bereits als Welpen gekauft, ausgebildet und trainiert. Im ersten Jahr hatte er nur Cooper, Minuk und Zeus. Im Jahr darauf kaufte er die anderen drei noch dazu. Er hatte bewusst kein Weibchen im Gespann, weil man ihm davon abriet. Ein Weibchen in der Hitze macht das ganze Gespann unberechenbar. Es gibt aber andere Musher, welche genau das Gegenteil behaupten. Nach deren Erfahrung würden die Weibchen das Gespann beruhigen. Rick hatte sich für die reine Männermannschaft entschieden und war bislang sehr gut damit gefahren.

Die Fallen waren in einem großen Gebiet kreisförmig ausgelegt. Wenn Rick, wie diesmal, alle Fallen gestellt hatte, benötigte er rund vierundzwanzig Stunden, um sie alle zu kontrollieren. Dafür mussten sie eine Strecke von etwa hundert Kilometern zurücklegen. Für ihn und die Hunde eine anstrengende Angelegenheit. Für seine fünfunddreißig Jahre war er zwar ziemlich fit aber seine Liebe zu fettigem Essen und die gelegentlichen illegal erworbenen Whiskies zwischendurch, machten aus ihm nicht gerade einen Athleten. Im Sommer kamen noch ein paar ebenso illegale Biere dazu und die Schokolade, ohne die er nicht leben konnte. Aber seit in diesem Gebiet das Alkoholverbot ausgesprochen wurde, ist die Beschaffung der Getränke immer schwieriger geworden. Trotz seines kleinen Bäuchleins war er mit seinen eins fünfundachtzig, den breiten, sehr muskulösen Schultern und dem Einwochenbart, nicht die letzte Wahl bei den Frauen. Mit seinen verwaschenen Jeans, dem bunten Holzfällerhemd und den hohen Stiefeln, war er auch punkto Mode nicht weit weg von dem, was man im Norden als modern ansah. Wenn er in der warmen Sommerzeit mal runter nach Dawson flog oder mit dem Quad nach Old Crow fuhr, um seinen Bruder Ron und die Schwägerin Betty zu besuchen, haute er auch mal auf den Putz. Er liebte Tanzveranstaltungen. Er mochte es, wenn er von jungen, hübschen Frauen angetanzt wurde. Das gab ihm ein gutes Gefühl. Sein Bruder Ron nahm ihn immer auf den Arm und meinte, dass er nur angetanzt würde, weil es viel mehr Frauen als Männer gäbe. Das stimmte natürlich nicht. Rick hatte auch schon zwei, drei echte Beziehungen hier im Norden, doch die Frauen hielten es nicht lange mit ihm aus. Nach einem oder zwei Tagen in der Zivilisation zog es ihn wieder hinaus in die Wildnis. Er vermisste die Ruhe, die Natur. Die Frauen ließen sich davon nicht überzeugen. Manchmal vermisste er die Zweisamkeit sehr. Wenn er vor dem knisternden, warmen Ofen in seiner Hütte saß, in einem Buch las oder einfach nur sinnierte, sich vorstellte, wie es jetzt sein könnte, wenn eine liebe, verständnisvolle Frau bei ihm wäre. Er erinnerte sich an die wenigen schönen Momente, die er mit Frauen erlebt hatte. Da war zum Beispiel Mary Finch. Er lernte sie in Dawson kennen und lieben. Er konnte sie dazu überreden, mal mit ihm in die Natur zu gehen. Er brachte sie sogar dazu, mit ihm in der Hütte zu übernachten. Er fühlte heute noch ihren nackten, wohlgeformten Körper, der sich unter der dicken, warmen Felldecke um seinen Körper schloss. Sie benahmen sich drei Tage lang wie Teenager. Reichlich Alkohol, reichlich Sex und sonst nichts! Es war wunderbar. Doch eines Tages legte sie ihm ihre Pläne für die Zukunft dar. Diese ließen sich in keiner Weise mit seinem Leben vereinbaren. Sie mochte die Stadt und wollte ihr Studium abschließen. Danach nach Europa reisen und so weiter. Die Enttäuschung war groß für Rick. Für Mary war es offenbar nicht mehr als ein Abenteuer in der Wildnis. Nach ihrer Abreise ging es ihm ziemlich mies. Doch schon nach wenigen Tagen sah er ein, dass es sich nicht lohnte, Mary nachzutrauern. Er hatte die Natur, seine Hunde, seine Hütte, sein Leben! In diesem Leben hatten all die Frauen wie Mary keinen Platz! Er hatte die

Wahl und hat sich für dieses Leben entschieden. Es war das beste Leben, das er sich vorstellen konnte.

Weiter im Norden, am Waldrand vor dem Hochplateau, wollte Rick noch einen Hirsch oder einen Elch schießen. Der Platz war für das Ansitzen optimal. Er konnte die Hunde in einer kleinen Senke im Wald anbinden, so dass der Wind ihren Geruch nicht über das Plateau trieb.

Rick stellte sich vor, dass wenn die westlichen Fallen erfolgreich sind, er noch einen Abstecher zum Haus der Mullers machen könnte. Diese wohnten ebenso abgelegen wie er selber aber mit der ganzen Familie in einer Blockhütte.

Michael Muller suchte im Sommer nach Fossilien, welche er Sammlern und Museen verkaufte und hielt im Winter seine Familie durch die Jagd am Leben. Eleonore, seine Frau, strickte über den Winter Pullover, welche sie im Frühling in Dawson verkaufte, und sie gerbte die Felle der erlegten Tiere. Es war erst der dritte Winter, den sie in der Wildnis verbrachten. Sie wanderten von Deutschland nach Kanada aus und lebten die ersten Jahre in Dawson. Dann kamen die Kinder, Peter und Rosie, zur Welt, und die Mullers entschieden sich für die Abgeschiedenheit. Eleonore unterrichtete die Kinder in Englisch, Deutsch, Mathematik und Geschichte selber. Sie zeigte den Kindern all die zahlreichen Pflanzen, welche davon für welchen Zweck genutzt werden konnten und wie man kochte. Michael kümmerte sich um die Vermittlung von Überlebenstechniken und den Eigenheiten der Natur. Chancen und Gefahren gleichermaßen.

Im Sommer und im Winter besuchte Rick die Mullers jeweils zwei Mal. Er mochte die Familie. Sie war so bescheiden und freundlich. Die Kinder fühlten sich in der Natur pudelwohl, waren gesund und stets froh gelaunt. Obschon sich Rick manchmal ziemlich nervte, wenn die beiden Bälger an ihm herumturnten, herumalberten und ihm keinen Meter Raum ließen. Aber er verstand es auch. Er war praktisch der einzige Mensch, den sie außerhalb der Familie richtig gut kannten. Peter war sonst eher verschlossen, während Rosie immer ein freches Maul hatte und die anderen mit ihren Streichen auf Trab hielt. Mit ihren fünf Jahren war sie ein wirklich cleveres Mädchen. Der siebenjährige Peter hingegen konnte stundenlang mit seinem Schweizer Taschenmesser vor der Hütte hocken und irgendwelche Holzfiguren schnitzen.

Selten war zu erkennen, was die Figuren darstellen sollten, doch mit den entsprechenden

Erklärungen klappte es dann meistens. Die halbe Hütte war schon mit diesen Dingen dekoriert.

***

Mittlerweile war es stockdunkel geworden. Ohne Ricks Stirnlampe wäre alles einfach nur schwarz gewesen. Kein Mondschein, keine Sterne, nichts, was ein wenig Licht hätte spenden können. Die Hunde gingen langsam. Sie waren auch schon müde. Als sie die erste Falle erreichten, war es schon fast Mitternacht. Die Falle war leer. Keine Spuren, nichts. Enttäuscht brachte Rick die Falle wieder aus, legte ein paar ganz dünne Zweige und eine fingerdicke Schicht Schnee darüber. Er entschied sich, noch die nächsten drei Plätze anzufahren und dann sein Nachtlager aufzuschlagen.

Auch die zweite Falle war leer. Ein leiser Fluch kam über Ricks Lippen. Eine halbe Stunde später erreichten sie die dritte Falle. Rick ging zu Fuß hin und sah im Lichtschein seiner Lampe ein Fellbüschel aus dem Schnee ragen. Es war ein Luchs. Er war schon tot und steifgefroren. Ein männliches Tier, vermutlich etwa drei Jahre alt.

Als Rick den Luchs aus der Falle löste murmelte er etwas vor sich hin. Er kniete vor dem Tier in den Schnee, streichelte es und bedankte sich bei ihm. Dieses Ritual vollzog er bei jedem Tier, das er erlegte. Er war auch froh, wenn er aufgrund der Verletzung sah, dass das Tier nicht lange leiden musste.

Rick lud den Luchs auf den Schlitten. Ausweiden und häuten konnte er ihn nicht in diesem gefrorenen Zustand. Er freute sich über den Fang. Dieses Fell würde ihm sicher vier- bis fünfhundert Dollar einbringen. Damit konnte er sich endlich eine kleine Solaranlage für die Hütte kaufen. In stürmischen Nächten las er gerne Bücher, doch die Petrollampen warfen nur spärlich Licht in die Seiten, sodass er schnell ermüdete. Er wollte mitten in der Hütte eine starke Glühlampe, welche genug Licht spendete. Und dafür wollte er sich die Solaranlage bauen.

Sie fuhren noch etwa drei Kilometer weiter, bis Rick das Gespann anhielt. Die Temperatur fiel auf geschätzte -35°C und der Wind frischte auf. Die Hunde mussten am Gespann bleiben, bis Rick ein Feuer entfacht und die Haltleine zwischen zwei Bäumen befestigt hatte. Erst dann spannte er einen nach dem anderen aus und kontrollierte die Pfoten. Alles war bestens. Jeder Hund bekam einen Klotz halbgefrorenes Lachsfett, etwas Kraftfutter und aus der Thermoskanne ein wenig lauwarmes Wasser. Danach band er die Hunde fest und setzte sich ans Feuer. Gut in die warme Decke eingehüllt, stocherte er mit einem Ast im Feuer herum und aß ein Stück Pemmikan. Diese speziell für das Überleben in der Wildnis hergestellte Knetmasse aus getrocknetem Fleisch, Talg, Knochenmarkfett und getrockneten

Beeren. Er war glücklich. In der freien Natur mit seinen Hunden, bei dem, was er liebte.

Er sah den tanzenden Flammen zu und murmelte ganz leise ein altes Volkslied der Ureinwohner. Er wusste nicht, was die Worte bedeuteten aber es gefiel ihm. Alles war gut. Doch dann begann es zu schneien.

***

Rick döste nur vor sich hin. Schlafen konnte er nicht bei diesem Wind. Er legte ab und zu Brennholz nach und schaute nach den Hunden. Bei der dritten Kontrolle fand er nur noch Schneehaufen vor, bei denen ein kleines Loch frei war, wo der Schnee von der Atemluft der Hunde rasch schmolz. Den Tieren schien die Kälte nichts auszumachen.

In der Ferne hörte er Wölfe heulen.

Irgendwann war Rick trotz des Windes kurz im Sitzen eingenickt. Doch dann wachte er plötzlich auf. Weshalb wusste er nicht. Das erste, was er im Schein des Feuers erkennen konnte, war Cooper. Er stand da und schaute in die Finsternis hinaus. Seine Körperhaltung zeigte Anspannung. Er knurrte leise. Josh und Gospel reagierten sofort und standen blitzschnell auf. Auch sie starrten zum Waldrand. Rick schaltete die Stirnlampe ein und zog das Gewehr aus der Schlittentasche. Langsam leuchtete er den Waldrand ab und dort sah er sie. Drei oder vier Augenpaare, welche nervös blinkten und hin und her huschten.

„Hey Buddies!" zischte Rick, worauf auch die restlichen Hunde aufstanden.

Oft reichte es, den Wölfen zu zeigen, dass sechs Hunde zugegen waren. Meistens zogen sie dann weiter. Doch nicht dieses Mal. Rick vermutete, dass es ein größeres Wolfsrudel war, welches sich nicht so leicht einschüchtern ließ.

Cooper begann nervös an der Leine zu zerren.

„Ruhig, Cooper, ganz ruhig", sagte Rick mit sonorer Stimme. Cooper blickte ihn kurz an und wandte dann seinen Blick wieder dem Waldrand zu.

Einen Augenblick lang war es wieder totenstill. Mit zwei Schritten war Rick beim Feuer und warf ein paar trockene Äste hinein. Die Flammen loderten auf und tauchten die Umgebung in ein rötliches Licht. Gerade so hell, dass Rick die beiden dunklen Schatten wahrnehmen konnte, welche sich in einem Bogen zur abgewandten Seite des Lagers schlichen. Auf der anderen Seite traten zwei Wölfe mutig aus dem Dunkel der Bäume ins Licht. Sie knurrten und zogen die Lefzen hoch. Die Ohren eng angelehnt und die Rute gerade nach hinten gerichtet. Ricks Hunde begannen zu bellen und zerrten an den Leinen.

Als Rick einen weiteren Schatten auf der gegenüberliegenden Seite ausmachte, wurde ihm mulmig zumute. Er hatte schon viele Begegnungen mit Wölfen, aber diesmal war alles ganz anders! Die Tiere waren offenbar so hungrig, dass sie von der sonst üblichen Belagerung absahen und jeden Augenblick anzugreifen schienen. Er entsicherte sein Gewehr und tastete nach seinem Revolver. Ein Schuss in die Luft zerriss die Stille. Die Hunde zuckten zusammen und die beiden Wölfe am Waldrand zogen sich in die Dunkelheit zurück. Doch Rick wusste, dass das Rudel niemals weiterziehen wird, ohne zumindest einen Angriff zu versuchen. Der Hunger war offensichtlich stärker als die Angst vor dem Menschen mit seinen Hunden.

Rick packte sein Messer und machte sich bereit, im Notfall die Leinen der Hunde durchzuschneiden. Im Kampf einer gegen einen waren seine starken Hunde durchaus in der Lage, einen Wolf in die Flucht zu schlagen. Aber nur, wenn sie nicht angebunden waren. Sie zerrten an den Leinen, bellten, knurrten und winselten.

Eigentlich mochte Rick die Wölfe. Er versuchte immer, deren Leben zu schonen, und wenn er ab und zu mal einen Wolf in einer Falle fand, verspürte er Mitleid mit dem Tier. Aber in dieser Nacht war alles anders. Als die beiden Wölfe wieder auf die Lichtung traten und sich gleichzeitig zwei weitere von hinten annäherten, zögerte er nicht mehr. Er legte an, zielte kurz und erschoss eines der Tiere. Der Wolf machte einen Überschlag nach hinten und blieb regungslos liegen. Ricks Hunde flippten nun völlig aus.

„Ruhig Buddies!", rief Rick, aber es half nicht viel. Seine Hunde orientierten sich nur noch nach Coopers Verhalten und dieser bellte, dass der Speichel spritzte.

Dann ging alles sehr schnell. Wie einem unhörbaren Kommando folgend brachen die Wölfe aus dem Unterholz und preschten auf das Lager zu. Rick erschoss zwei weitere Wölfe, rannte zu seinen Hunden und schnitt mit seinem scharfen Messer die Leinen durch. Ohne zu zögern griff Cooper den Wolf an, welcher an ihm vorbei ins Lager rennen wollte. Immer mehr dunkle Schatten drangen auf Rick und seine Hunde zu. Alle waren nun in Kämpfe verwickelt. Winseln, Bellen, Knurren und Schreie zerrissen die Nacht. Rick drehte sich um, zog seinen Revolver, feuerte und drei weitere Wölfe fielen in den Schnee. Der vorderste sackte unmittelbar vor seinen Füssen ein. Blitzschnell rannte Rick zu seinen Hunden und schoss zwei Angreifern aus nächster Distanz in den Kopf. Doch sofort griffen weitere Wölfe seine Hunde an. Rick schrie die Tiere an und schoss ein weiteres Mal, bevor die Kammern seines Revolvers leer waren. Einem Wolf schlug er den Kolben seines Gewehres über den Kopf, und einen weiteren erstach er mit seinem Messer. Zwei seiner Hunde lagen regungslos in ihrem Blut. Cooper hatte seinen Gegner getötet und griff einen weiteren Wolf an.

Rick tötete vier weitere Wölfe und warf dann sein leergeschossenes Gewehr in den Schnee. Nur noch mit seinem Messer bewaffnet, versuchte er die Wölfe zu töten, welche sich in seine Hunde verbissen hatten. Es war eine Schlacht!

Einem der Wölfe gelang es, Rick von hinten anzuspringen. Er erwischte ihn an der Schulter, bevor ihm Rick sein Messer in den Hals rammte. Er musste sofort wieder aufstehen. Am Boden war er so gut wie tot.

Dann wurde es plötzlich still und die drei oder vier verbliebenen Wölfe rannten zurück in den Wald.

Der ganze Kampf hatte keine zwei Minuten gedauert.

Cooper war blutverschmiert. Er winselte und humpelte in Ricks Nähe. Gospel schleppte sich durch den Schnee und zog seine hängenden Hinterläufe nach. Luke lag in seinem Blut und sein schwerer Atem war zu hören. Zeus zeigte leichte Verletzungen, schien aber in guter Verfassung zu sein.

„Gut gemacht Jungs!" sagte Rick mit zittriger Stimme und ging zu den beiden weiter vorne liegenden Hunden. Er brauchte nicht lange um zu sehen, dass Minuk und Josh ihren Kampf verloren hatten. Er packte beide am Balg und schleppte sie mit Tränen in den Augen zu den anderen. Während Rick seinen Revolver und das Gewehr neu lud, beobachtete er seine Hunde. Es zerriss ihm das Herz. Cooper stupfte seinen toten Freund Josh mit der Schnauze an und winselte laut. Rick ging zu Luke und betrachtete seine Verletzungen. Luke hob kurz den Kopf und winselte. Seine linke Flanke war aufgerissen. Aus einer Wunde in der Bauchdecke quoll ein Teil des Darms hervor. Aus seinem Hals schoss rhythmisch dunkles Blut in den Schnee. Rick strich Luke mit zittriger Hand zärtlich über den Kopf und flüsterte: „Mach's gut, alter Freund. Irgendwann sehen wir uns wieder." Dann nahm er den Revolver und erlöste seinen Kameraden. Er schleppte auch ihn zu den anderen. Dann beobachtete er Gospel. Dieser konnte seine Hinterläufe nicht mehr bewegen. Rick ging zu ihm hin und kniff ihn in den linken Hinterlauf. Der Hund zeigte keine Reaktion. Offensichtlich war einer der Lendenwirbel gebrochen. Rick hob ihn auf und trug ihn vom Feuer weg. Er setzte sich in den Schnee und streichelte ihn. Gospel leckte Ricks Hand und schaute ihm direkt in die Augen. Es war ein Flehen! Erlöse mich! Ricks Tränen tropften auf das blutige Fell des Tieres. „Tut mir leid, alter Freund. Geh mit Luke, Minuk, und Josh an einen Ort, wo es keine Wölfe gibt", flüsterte Rick, zog seinen Revolver und erlöste auch Gospel. Er brachte ihn zu den anderen.

Es war wichtig, dass sich Cooper und Zeus von ihren Kameraden verabschieden konnten.

Fast gleichzeitig reckten beide Hunde den Kopf nach oben und begannen zu heulen. Nicht wie Wölfe sondern wie Schlittenhunde, die ihre Kameraden verloren hatten.

Rick schluchzte wie ein kleines Kind. Er ging in die Knie und umarmte seine noch lebenden Freunde. So verharrten sie kurz, bis sie sich wieder ein wenig beruhigt hatten.

Er leuchtete den Waldrand ab, um sicher zu sein, dass die Wölfe nicht noch einmal angriffen. Aber eigentlich wusste er genau, dass es keinen weiteren Angriff geben würde. Die verbliebenen Wölfe würden sich über die Kadaver seiner Hunde hermachen, sobald sie das Lager verlassen und weiter ziehen. Die Felle seiner Hunde wollte Rick nicht. Er hätte die Tiere nicht häuten können. Die Felle der Wölfe hätte er genommen, aber die waren von Kugeln durchlöchert oder von seinen Hunden verbissen, also wertlos.

Er holte das Notfallset vom Schlitten und begann, die Wunden seiner beiden Freunde zu versorgen. Bei Zeus stellte Rick fest, dass er praktisch unverletzt war. Das viele Blut war nicht von ihm. Wahrscheinlich hat er seinen Gegner gleich am

Hals erwischt und ließ ihm keine Chance. Er war der stärkste im Rudel und hatte auch das dichteste Fell, welches ihn vor Verletzungen weitgehend schützte. Cooper hatte eine ziemlich tiefe Bisswunde oberhalb des rechten Vorderlaufs. Er winselte leise, als Rick die Wunde desinfizierte und leckte danach sofort seine Hand. Rick versuchte, die Wunde mit einem Verband abzudecken.

„Verdammter Mist!", fluchte er. Die Wunde befand sich genau an der Stelle, an welcher das Zuggeschirr am meisten scheuert. Er schmierte sich selber noch etwas von der Wundsalbe auf seine Bisswunde an der Schulter. Es blutete kaum. Der Fang des Wolfes konnte seine dicke Jacke nicht vollständig durchdringen.

Er setzte sich hin und schaute nachdenklich ins Feuer. Er versuchte, seine Situation zu analysieren. Er hatte nur noch zwei Hunde. Einer davon außer Stande, zu ziehen. Zeus konnte allein vielleicht sechzig Kilogramm ziehen. Über kurze Strecken vielleicht achtzig. Und das auch nur, wenn es nicht zu viel Neuschnee gab. Wenn er also Cooper auf den Schlitten packen musste, konnte er nur noch das Wichtigste mitnehmen und musste Zeus beim Ziehen helfen. In dieser Konstellation bräuchte er etwa zwei bis drei Tage zurück zu seiner Hütte. Das Problem dabei war, dass er dann eine oder zwei Übernachtungen in der Wildnis vor sich hätte, und das Lagermaterial aber nicht mitnehmen konnte. Dieses wog alleine über dreißig Kilogramm. Da ihm Luchsfleisch nicht schmeckte und es höchstens für die Hunde verwertbar war, bräuchte er noch dringend frisches Fleisch. Ein Karibu oder etwas in der Art. Dieses hätte er auch auf dem Schlitten festbinden müssen. Das wäre selbst mit allen sechs Hunden eine unglaubliche Anstrengung gewesen.

Er legte Feuerholz nach und stocherte in den brennenden Ästen herum. Wie weiter?

***

Ron Dempsey kippte in der alten Bar von Old Crow noch den Rest seiner Cola hinunter und stellte die Dose ab. Er war praktisch das Ebenbild seines Bruders Rick. Etwas fülliger aber von der Größe und der Art her hätten sie Zwillinge sein können.

„Musst du wirklich zu deinem Bruder? Kann das nicht bis im Frühjahr warten?", fragte Betty und zupfte an Rons Bart.

„Du weißt, dass sein Funkgerät nicht mehr geht und ich ihm ein neues versprochen habe. Das Gerät ist für ihn wichtig. Stell dir vor, ihm passiert etwas und er geht in seiner Hütte elendiglich zu Grunde, nur weil ich ihm sein Funkgerät nicht gebracht habe!"

„Ich weiß, er ist dein Bruder. Aber ich habe Angst. Hast du den Wetterbericht nicht gehört? Es schlägt um. Stürmische Winde und sehr, sehr viel Schnee! Was ist, wenn dein Schneemobil unterwegs seinen Geist aufgibt? Dann wirst du es sein, den man im Frühling findet. Oder das, was von dir übrig ist!"

„Das Schneemobil ist in Ordnung. Es wird das schaffen. Betty, der Anhängerschlitten ist gepackt, die Benzinkanister sind voll und ich bin bereit. Tut mir leid, Kleines. Ich muss das tun!"

Betty dachte nach, umarmte Ron und flüsterte: „Also gut, Großer, pass auf dich auf und vergiss das Satelliten-Telefon nicht!"

„Ich passe auf mich auf. Versprochen", antwortete Ron und küsste seine Frau zärtlich auf die Stirn.

„Wann?", fragte sie, als sie sich aus seiner Umarmung löste.

„Ich breche in einer halben Stunde auf. Ich fahre die Nacht durch. So sollte ich es bis morgen Abend schaffen. Schlafen kann ich dann bei Rick."

Betty schaute Ron tief in die Augen, drehte sich um und sagte beim Weggehen: „Komm heil zurück, Dickkopf!"

Ron senkte nachdenklich seinen Blick. Er hatte den Wetterbericht gehört und hätte am liebsten noch ein paar Tage gewartet. Aber da war dieses komische Gefühl, das ihn seit dem Vortag beschlich. Er musste noch heute Nacht da hinaus und zu seinem Bruder fahren!

***

Der Wind frischte auf und der Schneefall wurde zusehends stärker. Ricks Gedanken drehten sich im Kreis. Konnte er es mit einem Minimum an Material und Zeus als einzigem Zughund schaffen? Eigentlich konnte er diese Frage ganz einfach beantworten. Die Chance, dass er es schaffen würde, war gleich null. Nicht wegen Zeus. Der war hart im Nehmen. Er zweifelte vielmehr an seiner eigenen Kondition.

„Cooper, alter Junge. Was soll ich tun?", richtete er die Frage an seinen Leithund, der bereits auf dem Schlitten lag.

Cooper, der lediglich seinen Namen verstand, winselte kurz und leise und schaute Rick traurig an.

„Ich weiß, Cooper, wir sind am Arsch!", rutschte es Rick heraus.

Zeus, inzwischen wieder an der Leine, zog diese plötzlich straff. Er zerrte nicht. Es war vielmehr so, als wollte er Rick etwas zeigen.

„Zeus? Was hast du?"

Wieder zog der Hund die Leine stramm und blickte zielstrebig nach Nordwesten, wo der schmale Pfad von der Lichtung wegführte.

„Oh nein, mein Junge! Nicht noch weiter von unserer Hütte weg!"

Zeus ließ sich nicht beruhigen. Er begann nun energisch an der Leine zu zerren und blickte immer wieder zurück zu Rick. Cooper bellte.

Einen Moment zögerte Rick, überlegte kurz, griff sich an den Kopf und sagte dann: „Du Teufelskerl! Die Mullers!"

Er knuddelte Zeus und sagte: „Ich Idiot! Zu den Mullers schaffen wir es in einem Tag!"

Sofort ging Rick zum Schlitten lud Cooper ab und warf alles auf einen Haufen, was sie nicht dringend brauchten. Den spärlichen Rest band er auf dem Schlitten fest und hob Cooper hinauf. Er wickelte den verletzten Hund nicht ein, sondern deckte ihn lediglich zu. So konnte er Cooper blitzschnell freimachen, wenn Gefahr drohte.

Er spannte Zeus vor und legte sich selber ein freies Geschirr an, um gemeinsam mit seinem Hund den Schlitten zu ziehen. Wenig später zogen sie los.

Sie kamen gut voran aber der Schneefall wurde immer stärker.

***

Nachts um zehn, startete Ron sein Schneemobil und fuhr los. Er kannte den Weg zur Hütte seines Bruders gut. Er war ihn im Winter zwar erst drei oder vier Mal gefahren, aber im Sommer besuchte er Rick oft mit dem Quad. Betty schaute ihm durch das Fenster nach, bis das rote Leuchten des Rücklichtes in der Nacht verschwand.

Er fragte sich immer wieder, warum sich Rick nicht ebenso ein Schneemobil kaufte, anstatt immer die Umstände mit den Hunden zu erdulden. Aber Rick sagte stets, dass er diese lauten und stinkenden Geräte hasste und dass seine Hunde auch seine Freunde und Kameraden seien.

„Na ja. Jedem das Seine!" murmelte Ron und gab Gas.

Die ersten Meter konnte er noch auf der schneebedeckten Dorfstraße zurücklegen. Dann durfte er die Abzweigung zum schmalen Weg nicht verpassen, der direkt in die Hügellandschaft führt. Er verlangsamte und schaute angestrengt in die Nacht.

Schließlich fand er aber die kleine Lücke, durch die er seinen Motorschlitten durchzwängen konnte. Den Abschnitt, der nun folgte, liebte er im Winter. Mehr oder weniger alles geradeaus. Da konnte er immer in Gedanken versinken. Auch diesmal dachte er über sich und Betty nach. Sie war eine wunderbare Frau. Ihre erfrischende und gewinnende Art hat ihn seit jeher fasziniert. Sie war mollig, reichte Ron nur bis zur Achsel, steckte ihr langes, dunkelbraunes Haar immer wild auf dem Hinterkopf zu einem Büschel zusammen. Ihre smaragdgrünen Augen funkelten wie zwei Edelsteine. Sie achtete stets auf ihre Kleidung und war vermutlich die einzige Frau im Dorf, welche ab und zu mit einem Rock zu sehen war. Der Entscheid, vor fünf Jahren von Dawson nach Old Crow zu ziehen um dort die alte Bar zu übernehmen, war goldrichtig. In dem Dorf wohnen vielleicht noch etwa dreihundert Menschen. Davon sind die meisten Angehörige der ursprünglichen Einwohner, der Vuntut Gwitchin. Sie sind gegenüber Menschen aus dem Süden sehr verschlossen und teilweise recht aggressiv. Nachdem Ron und Betty anfänglich nicht gut akzeptiert worden waren, gelang es Betty nach und nach, mit ihrer erfrischenden Art, die Leute zu überzeugen. Jetzt ist die Bar jeden Abend gerammelt voll. Die Stimmung ist gut und es gibt kaum Auseinandersetzungen. Wenn doch, ist Ron sofort zur Stelle. Ein Hüne von einem Mann, über hundert Kilo schwer, mit seinem Vollbart und seinen kräftigen Armen. Er braucht meistens nur zwei drei Worte an die Streithähne zu richten, damit sich diese wieder beruhigten. Wenn das nicht klappt, packt er sie und schmeißt sie auf die Straße.

Meist kommen die Jungs dann wenige Minuten später wieder rein und entschuldigen sich bei Betty und Ron. Doch es gibt auch andere Leute, die niemals in die Bar kommen. Sie hassen die „Fremden" und machen gegen sie Opposition, wann immer sich die Möglichkeit bietet.

Ron und Betty hätten immer gerne eigene Kinder gehabt, was aber wegen einer früheren Operation von Betty nicht möglich war. So hüteten sie ab und zu die Kinder von Bekannten, wenn diese runter nach Dawson oder Whitehorse zum Einkaufen flogen.

Ja, sie waren glückliche Leute und sie liebten sich noch wie am ersten Tag. Er konnte sich glücklich schätzen! Auch am Ende der Welt, wie Ron immer zu sagen pflegte.

***

Nach etwa vier Stunden, bei einer kleinen Lichtung, drängte Zeus zum rechten Arm einer Weggabelung, doch Rick bremste ihn aus.

„Ich weiß, Alter, du willst auf den Weg durch das Seitental, weil du diesen Weg kennst. Ich weiß jetzt aber wieder wo wir sind. Wenn wir den linken Weg nehmen, sind wir sicher drei Stunden früher bei den Mullers!"

Nach einigen widerstrebenden und trotzigen Körpersignalen, fügte sich Zeus in sein Schicksal und zog nach links. Etwa zwei Stunden später erreichten sie den leicht abfallenden Abhang zum kleinen Fluss, welchen die Einheimischen Hollow Creek nannten. Im letzten Sommer hat Michael Muller erzählt, dass dieser Fluss sehr spät zufriert, weil die Strömungen und Verwirbelungen sehr stark sind. Rick hoffte trotzdem, dass die Eisdecke schon geschlossen und vor allem tragfähig genug war. Im Schein seiner Stirnlampe sah Rick die letzten Bäume am Flussufer.

„So, Zeus, schauen wir mal, wie wir auf die andere Seite kommen!", keuchte Rick und hielt das Gespann an.

Er ging alleine durch den Schnee zum Ufer. Er hörte, was er nicht hören wollte: Das Rauschen des Wassers. Als er an die Uferlinie trat, bestätigte sich sein Verdacht. Über weite Flächen war der Fluss noch eisfrei und die Stromschnellen spritzten auf die glasigen Eisränder. Leise fluchend stapfte Rick zurück zum Schlitten.

Am Ufer standen die Bäume zu dicht. Sie konnten also nicht dem Fluss entlang fahren um eine bessere Stelle zum Übersetzen zu suchen. Er erinnerte sich aber, dass es weiter flussaufwärts irgendwo eine Furt gab, die er mal im Sommer passiert hatte.

Es wurde merklich kälter und der Wind nahm zu. Der Schneefall hielt sich aber in Grenzen. Rick kontrollierte Zeus' Pfoten, bevor sie den Schlitten wendeten und wieder den Abhang hochzogen.

In einem weiten Bogen umgingen sie den dichten Wald und versuchten es weiter flussaufwärts noch einmal. Ricks Erinnerungen hatten ihn nicht getäuscht. Sie fanden den schmalen Weg, welcher sie direkt zur Furt führte. Doch auch hier war die Eisdecke nur an zwei schmalen Stellen durchgehend. Rick musste eine Entscheidung treffen.

Zurück zur Lichtung und den Weg durch das Seitental nehmen? Sie hätten sicher wieder zwei Stunden bis dorthin gebraucht und durch das Tal noch mehr Zeit verloren. Gab es vielleicht weiter oben noch einen besseren Übergang? Das war kaum anzunehmen, denn die Stelle bei der Furt war eine langsam fließende Passage und trotzdem nicht ganz zugefroren.

Rick rammte den Anker in den Schnee und stapfte zu einem Busch. Er brach einen langen, dicken Zweig ab und ging damit ans Wasser. Vorsichtig tastete er sich Schritt für Schritt auf dem dünnen Eis vorwärts. Als er eine der offenen Stellen erreichte, steckt er den Zweig ins Wasser und bis auf den Grund. Hier war das Wasser etwa hüfthoch. Langsam ging er zurück zum Schlitten.

„Jungs, wir werden es hier versuchen. Eine bessere Stelle werden wir nicht finden!", sprach er zu den Hunden und spannte Zeus aus. Nur mit der kurzen Leine am Geschirr, führte er Zeus zum Ufer. Als Rick seinen ersten Fuß wieder auf das Eis setzte und ein leises Knacken zu hören war, begann Zeus zu winseln und sperrte sich gegen den Zug der Leine.

„Ja, Zeus, ich weiß. Ich sollte auf dich hören aber wir haben keine Wahl. Wir müssen hier durch!"

Zögerlich folgte Zeus an der straffen Leine. Sein Körper war angespannt wie eine Feder. Der Hund hatte Angst.

Langsam tastete sich Rick vorwärts. Ein wenig nach links, dann wieder nach rechts und zurück. Mehrmals ging er wieder drei, vier Schritte rückwärts und versuchte es wenige Meter daneben erneut. Er spürte über die Leine das Zittern des Hundes. Cooper bellte. Er spürte Zeus' Angst.

Schließlich hatten sie über die Hälfte des Flusses überwunden. Auf der anderen Seite schien das Eis etwas dicker zu sein. Auch Zeus spürte es und übernahm die Führung. Er war kaum mehr zu halten, je näher das Ufer kam. Mit einem Satz sprang er auf die sichere Böschung. Rick wäre fast hingefallen auf dem glatten Eis, als die Leine an ihm zerrte.

„Nur mit der Ruhe, Großer! Wir haben es geschafft. Und du wartest jetzt hier! Ich hole Cooper."

Rick band Zeus' Leine an einem Busch fest und tastete sich über das Eis zurück. Er folgte genau seinen Spuren. Beim Schlitten angekommen, hörte er Cooper winseln.

„Ich weiß, Cooper. Auch du hast Angst. Wir werden es aber schaffen. Komm runter!", sagte Rick und sah, wie Cooper sich unter der Felldecke hervorzwängte. Er stand nur auf drei Beinen auf dem Gepäck, den rechten Vorderlauf angewinkelt am Körper angelegt. Er zitterte.

„Ist es so schlimm?", fragte Rick und tastete den Vorderlauf ab. Cooper winselte erneut.

„Ok, alter Junge. Dann werde ich dich eben tragen müssen", murmelte Rick und nahm Cooper auf die Arme. Die Leine klemmte er sich zwischen die Zähne und stapfte los.

„Du bist ganz schön schwer!", keuchte Rick, als sie die erste Eisplatte hinter sich hatten.

Er tastete sich auf seinen alten Spuren vorwärts. Dann plötzlich knackte es und er brach ein. Er ließ Cooper fallen und versuchte sich irgendwie festzuhalten. Der Hund stieß einen Schmerzensschrei aus, befand sich aber auf sicherem Eis. Das Loch, welches unter Rick aufbrach, war nicht sehr groß. Er fühlte die Steine des Grundes unter seinen Füssen. „Glück gehabt", dachte er sich und versuchte, sich wieder auf die feste Eisplatte zu ziehen. Die Strömung unter dem Eis war aber so stark, dass es ihm immer wieder die Beine unter das Eis zerrte, sobald er den Kontakt zum Grund verlor. Das eiskalte Wasser drang durch Ricks Kleidung auf seine Haut. Es verschlug ihm fast den Atem. Das Wasser reichte ihm bis zur Hüfte. Je mehr er versuchte, sich auf das Eis zu ziehen, desto glitschiger wurde es. Cooper humpelte hin und her, winselte und bellte. Zeus zerrte an seiner Leine und bellte ebenfalls. Die Kälte stieg in seinem Körper hoch. Rick spürte seine Füße kaum noch und die Beine wurden steif. Zudem erlitt er im rechten Bein einen Muskelkrampf. Er griff ins Wasser und zerrte sein Messer aus der Scheide am Gürtel. Er rammte es mit aller Kraft in die feste Eisplatte und versuchte sich am Messer herauszuziehen. Ein Stück weit schaffte er es, aber es reichte nicht. Jedes Mal, wenn er nachfassen und das Messer weiter hinten neu einrammen wollte, zog ihn die Strömung an den Beinen wieder ins Loch zurück.

„Ich werde nicht in diesem verdammten Eisloch verrecken!", schrie Rick in den Nachthimmel.

Er sah im Schein seiner Stirnlampe, dass sich Zeus losgerissen hatte und zurück auf das Eis kommen wollte.

„Steh! Zeus, steh!", brüllte Rick. Zeus gehorchte widerwillig und stand still.

Rick steckte bereits länger als zwei Minuten im eisigen Wasser. Er fühlte, wie ihn langsam seine Kräfte verließen. Mit letzter Kraft stieß er sich noch einmal vom Grund ab, rammte sein Messer erneut ins Eis und packte gleichzeitig Coopers dichtes Fell oberhalb des linken Hinterlaufs. Dieser erschrak und versuchte sich loszureißen.

„Guter Junge, mush, mush!", schrie Rick. Cooper zerrte so fest er konnte, rutschte mit den Pfoten auf dem glitschigen Eis hin und her. Schließlich erreichte er einen kleinen Fleck schneebedeckten Eises. Rick spürte, wie sich sein Körper langsam aus dem Loch heraushob.

„Weiter so, Cooper, mush!"

Endlich gab die Strömung auch Ricks Beine frei und Cooper zog ihn ganz auf das feste Eis. Keuchend lag Rick da. Er ließ Coopers Fell los und dieser humpelte zu Zeus ans Ufer.

Rick blieb auf dem Bauch und zog sich Meter für Meter zur Böschung hin. Die Hunde winselten und leckten sein Gesicht ab.

„Brav. Gut gemacht, Jungs!", presste er hervor und versuchte aufzustehen. Er spürte seine Beine kaum noch und seine Genitalien schmerzten. Als ob jemand seine Eier in einen Schraubstock klemmen und immer weiter zudrehen würde.

Er schlotterte am ganzen Körper. „Feuer! Wir brauchen Feuer!", stöhnte er und wurde sich im selben Augenblick bewusst, dass alles Material auf dem Schlitten am anderen Ufer war.

„Verdammter Drecksfluss!", schrie er und sackte in den Schnee. Die Hunde blieben dicht bei ihm. Sie ließen ihm keinen ruhigen Augenblick, als wollte sie ihm sagen: „Steh auf, Mensch, tu etwas!"

„Ist ja gut!", keuchte Rick, rappelte sich auf, griff nach den Leinen und machte beide Hunde wieder am Gebüsch fest. Nicht allzu fest, aber so, dass sie sich angebunden fühlten. Es war ein rationaler Entscheid. Sollte er nochmals einbrechen, wenn er den Schlitten herüberholte, konnten sich die Hunde losreißen und ihm vielleicht helfen. Sollte er ersaufen, konnten sich die Hunde ebenfalls losreißen und zu den Mullers laufen. Er verlor nun auch das Gefühl in den Fingern.

„Also ihr beiden. Drückt mir die Pfoten, dass ich es schaffe!", keuchte er und legte sich flach auf den Bauch aufs Eis. Langsam zog er sich vorwärts. Er schlotterte. Seine Beine zappelten unkontrolliert. Seine Finger drohten zu platzen. Die Füße verloren langsam das Gefühl.

Er zog sich zwei Meter flussaufwärts am Loch vorbei und erreichte das andere Ufer. Er konnte kaum mehr aufstehen. Für einen kurzen Augenblick kam in ihm der Wunsch auf, gleich hier neben dem Schlitten ein Feuer zu machen. Er wollte aber seine Hunde nicht alleine auf der anderen Seite lassen. Also löste er den Anker, packte den Schlitten und schob ihn auf das Eis. Er versuchte das meiste seines Körpergewichts auf den Schlitten zu verlagern, da dieser mit den langen Kufen weniger rasch einbrechen konnte. Aber das Ding war schwer. Er kam kaum vom Fleck. Als er das Loch im Eis umgangen hatte, fasste er neuen Mut und schob den Schlitten keuchend und mit letzter Kraft bis hin zur Böschung.

Jetzt musste alles sehr schnell gehen. Obschon ihm schwindlig war und er spürte, wie seine Kleidung steiffror, riss er die Decke vom Schlitten, warf ein paar trockene Holzscheite auf einen Haufen und spritzte eine ordentliche Portion Brennpaste über das Holz. Jetzt kam der schwierige Teil. Er zog seine nassen Handschuhe aus und versuchte aus dem steifgefrorenen Lederbeutel an seinem Gurt die wasserdichte Plastiktüte mit den Reserve-Streichhölzern heraus zu klauben. Da er seine Finger nicht mehr spürte leuchtete er mit der Stirnlampe auf seine Hände und kontrollierte die Bewegungen seiner Finger mit den Augen. Er fluchte wie noch nie und zerrte schließlich den Beutel auf. Die Streichholzschachtel fiel in den Schnee. Er hob sie sofort auf und wischte den Schnee ab. Es gelang ihm mit den gefrorenen Fingern nicht, ein Streichholz anzuzünden. Er riss seine Jacke auf und steckte die rechte Hand unter die linke Achselhöhle. Es war, als würde ihm jemand ein Messer in die Achselhöhle rammen. Rick zählte schlotternd, langsam und laut auf dreißig. Der Wind frischte noch mehr auf und trieb vereinzelte Böen über den Fluss. „Noch nicht! Verdammt! Warte, bis mein Feuer brennt!" zischte er, während er zum Himmel blickte.

Die Nadelstiche in seinen Fingern zeigten ihm, dass das Gefühl zurückkehrte. Sofort griff er nach den Streichhölzern, nahm gleich drei Stück auf einmal heraus, ließ sich neben dem Feuer auf die Knie fallen und zündete die Streichhölzer an. Ohne lange zu warten und zu riskieren, dass eine Böe die Streichhölzer auslöschte, warf er sie in den Holzstapel. Die Brennpaste begann mit einer blauen Flamme zu brennen und entfachte ein Holzscheit nach dem anderen.

„Geschafft Jungs!", rief Rick und riss sich die nassen Kleider vom Körper. Es war, als würde er sich aus einer gefrorenen Schale pellen. Die Felldecke des Schlittens warf er sich über den Rücken und ließ die warmen Flammen seinen Körper streicheln. Dann kauerte er sich nahe am Feuer nieder und deckte seine ganze, vom Feuer abgewandte Seite, mit der Felldecke zu.

Nach ein paar Minuten, als er seine Beine und Füße wieder spürte und der Schmerz zwischen den

Beinen nachließ, lief er, in die Decke gehüllt, zum Busch und brach ein paar Zweige ab. Er steckte sie neben dem Feuer in den Schnee und hängte die gefrorenen Kleider darüber. Die Stiefel behielt er in den Händen und drehte sie langsam über den Flammen. Ihnen durfte nichts geschehen. Sie durften auf keinen Fall verbrennen. Ohne Schuhe ist man unter diesen Bedingen tot!

Er musste drei Mal Holz nachlegen und es dauerte sicher zwei Stunden, bis die Strümpfe und die lange Unterwäsche trocken waren. Sofort zog er die Unterwäsche an. Weitere zwei Stunden dauerte es für die Hose, die Handschuhe und die Jacke. Die Stiefel trockneten nicht vollständig.

Rick wusste, dass man diese Geduld einfach brauchte. Wenn die Körperwäsche noch feucht wieder angezogen wird, friert sie sofort ein und man erfriert. Bei den teuren Stiefeln ist es etwas anders. Diese isolieren auch noch ein wenig, wenn sie feucht sind.

Er zog sich wieder ganz an. Dann gab er den Hunden etwas zu Essen, prüfte deren Pfoten und versorgte Coopers Verletzung. Er konnte mit dem verletzten Lauf nicht mehr auftreten. Seine Rettungsaktion im Eis hat ihm noch den Rest gegeben. Erst als letzter aß auch Rick noch etwas

Trockenfleisch und Schokolade. Das Feuer war mittlerweile ausgegangen. Dann stand er plötzlich im Dunkeln. Seine Stirnlampe ging aus. Ziemlich lange danach und etliche Flüche später fand er die Ersatzbatterien in einer Tasche auf dem Schlitten. Er pustete die Glut im Feuer nochmals an und der schwache Schein der Flammen reichte aus, um beim Batteriewechsel genug sehen zu können.

„Das muss ich mal im Dunkeln üben", murmelte Rick. Er hatte schon einige Jahre Erfahrung in der Wildnis und doch fand er immer wieder Dinge, an die er nicht dachte oder welche er nicht konnte.

Wenig später waren sie wieder bereit. Cooper lag zusammengekauert unter der Felldecke auf dem Schlitten. Zeus zerrte ungeduldig am Geschirr. Sie zogen los. Der Wind wurde zusehends stärker und der Schneefall behinderte bereits die Sicht.

Rick wusste, dass er im besten Fall in drei Stunden bei den Mullers sein konnte. Sofern ihm das Wetter keinen Strich durch die Rechnung machte. Der Schnee lag bereits annähernd knietief. Trotzdem kamen sie verhältnismäßig gut voran. Erst nach über einer Stunde machten sie eine kurze Rast. Zeus ging es gut. Rick schwitzte, was unter diesen Bedingungen wirklich schlecht war. Seine Handschuhe waren nass und die Kälte drang bis auf die Haut. Erst jetzt, als sie kurz ruhten und es still war, hörte er Cooper leise winseln. Er überlegte kurz, ob er so kurz vor dem Ziel nochmals ein Feuer machen und sich aufwärmen sollte. Dann dachte er aber wieder an die Wölfe. Sollte sich wieder ein Rudel auf sie stürzen, hätten sie keine Chance mehr.

„Cooper, alter Junge. Wir sind bald bei den Mullers. Dann können wir dich richtig verarzten. Halt einfach noch ein wenig durch", sagte Rick und streichelte dem Hund über den Kopf. Zeus stupste ihn mit der Schnauze an. „Ja klar, Zeus. Auch du bist ein feiner Kerl. Machst schließlich hier die Hauptarbeit!" Er streichelte auch ihn und die Welt war wieder in Ordnung.

Rick sah nun eine realistische Chance, es bis zu den Mullers zu schaffen. Er wusste aber auch, dass sie die beiden Hügel noch vor sich hatten. Diese zu umgehen war keine Option. Sie hätten dafür noch drei Stunden länger gebraucht. Und die Sicht wurde immer schlechter.

***

Die drei Männer, welche ihre Grabungsparzelle neben der von den Mullers hatten, hockten vor dem Ofen und diskutierten. Hank Wilkinson, mit seinen gut fünfzig Jahren, dem langsam lichter werdenden, krausen, dunklen Haar, seinen gut zweihundert Pfund Gewicht und den stets geröteten Wangen, war so etwas wie der Ausgrabungsleiter. Ein promovierter Paläontologe und der ältere Bruder von Casper. Dieser sah Hank sehr ähnlich, abgesehen von der Statur. Casper war athletisch gebaut. Er war fast zehn Jahre jünger als Hank. Da sie ihre Eltern früh verloren hatten, übernahm Hank auch so etwas wie eine Vaterrolle für Casper. Auch wenn sie sich oft stritten, fanden sie immer wieder zusammen. Grund war meistens die ehrgeizige Haltung, welche beiden gemeinsam war. Davon profitierten sie aber nur dann, wenn sie das gleiche Ziel verfolgten. Ansonsten bot sich diese Eigenschaft oft als Zündstoff für Konflikte an.

Der dritte Mann in der Gruppe, Albert, war das pure Gegenteil der beiden Wilkinsons. Er war ein Jugendfreund von Casper und beteiligte sich als Partner auf dem Claim. Seit er aber mit den beiden Brüdern zusammenarbeitete, waren sie sich schon öfters in die Haare geraten. Albert war impulsiv und gelegentlich ziemlich unkontrolliert. Er liebte das Glücksspiel und soff sich manchmal buchstäblich ins Koma. Das passte den Wilkinsons nicht aber sie hatten mit Albert eine Vereinbarung. Im Großen und Ganzen funktionierte ihre Partnerschaft aber ganz gut. Er war so alt wie Casper. Sein Gesicht hatte etwas Frettchenhaftes. Seine Stirn war nach hinten geneigt und sein Kinn zurückversetzt. Seine markante Nase stach hervor und die tiefliegenden Augen hatten etwas Aggressives an sich. Er war ruhe- und rastlos, bewegte sich immer und zappelte sogar mit den Beinen wenn er am Tisch saß und aß. Casper ging das unglaublich auf die Nerven. Er hatte deswegen schon unzählige Male den Tisch verlassen und draußen vor der Hütte gegessen. Aber er wusste, dass Albert nichts dafür konnte und erinnerte sich, dass er bereits früher in der Schule von der Lehrerin deswegen gemaßregelt worden war. Sogar im Bett, beim Einschlafen zappelten seine Beine bis er in tiefen Schlaf fiel.

Die guten Zeiten, in denen die drei Männer miteinander auskamen, überwiegten aber trotzdem. Andernfalls hätte Hank die Zusammenarbeit schon längst beendet.

„Es kann nur Muller gewesen sein. Er war der einzige, der in diesen Tagen noch auf der Parzelle war. Ich habe ihn gesehen!", ereiferte sich Casper.

Hank strich sich durch den Bart und sagte: „Ich kann es nicht glauben. Muller ist zwar etwas sonderbar aber er stiehlt sicher nicht. Wo hast du ihn gesehen?"

„Drüben beim Flussübergang. Am Montagmorgen, mit seinem Schneemobil."

„Und wann hast du die Blechkiste mit dem Schädel das letzte Mal gesehen?", fragte Hank nach.

„Am Freitag, als wir das Werkzeug saubergemacht haben."

„Siehst du! Können wir mit Sicherheit ausschließen, dass zwischen Freitag und Montag niemand sonst bei uns auf der Parzelle war?", wollte Hank weiter wissen.

Albert, der dritte Mann in der Runde, räusperte sich und sagte dann: „Es kotzt mich an! Den ganzen Sommer über haben wir geschuftet und jetzt das! Ich habe über zwei Wochen gebraucht, um die ganze Felsspalte freizulegen!"

„Mich auch!", antwortete Hank, „aber wir können nicht mit Bestimmtheit sagen, ob Muller es war. Hättest du die Kiste im Felsloch versteckt, wie wir es immer tun, wäre sie heute noch da! Aber weil du zu faul warst, um nach drüben zu gehen, hast du sie hier in der Hütte gelassen!"

Albert schnellte auf wie eine Feder und begann Hank anzuschreien: „Was? Du machst mir Vorwürfe? Ausgerechnet du! Ich bin immer der

Arsch hier und dein kleiner Bruder kann sich alles erlauben!"

Casper ging dazwischen und brüllte: „Hör auf mit diesem Mist! Wir sind alle gleichberechtigte Partner. Jeder tut, was er kann, um diese verdammten Fossilien aus dem Boden zu holen. Also hör auf, hier den Affen zu machen!"

„Schluss jetzt!", rief Hank und stand ebenfalls auf. „Reißt euch zusammen! Wir hatten ein gutes Jahr oder besser gesagt, es wäre ein gutes Jahr gewesen, wenn wir den verdammten Schädel noch hätten! Also, wie gehen wir vor? Können wir mit Sicherheit ausschließen, dass Muller ihn an sich genommen hat?"

Sie schauten sich gegenseitig an.

„Können wir nicht!", sagte Albert.

„Beweisen können wir es aber auch nicht!", ergänzte Hank.

Albert senkte seinen Blick zu Boden und murmelte: „Ich werde ihn zurückholen! Ich gehe zu Muller und werde ihm den verdammten Schädel wieder wegnehmen!"

„Nein, Albert, das wirst du nicht tun! Wir melden es der RCMP. Die sollen das an die Hand nehmen", entgegnete Hank.

Albert war außer sich: „Bis die hier sind ist Muller mit unserem Schädel über alle Berge!"

„Ach! Und wo soll er mit seiner Familie hin?", fragte Hank.

Einen Moment waren alle still. Dann sagte Hank ruhig: „Wir werden jetzt etwas essen und dann zu Bett gehen. Und morgen fahre ich nach Old Crow und melde es der RCMP. Will mich jemand begleiten?"

Albert und Casper schüttelten wortlos den Kopf. Dann sagte Albert: „Aber ich werde auf keinen Fall ohne den Schädel nach Whitehorse zurückkehren!"

Hank lag noch lange wach. Jahrelang hatten sie nach einem Fundstück wie diesem gesucht. Schon an der Universität, wo er fünfzehn Jahre als Paläontologe doziert hatte, wurde erzählt, dass ein Fund dieser Art einzigartig wäre. Es war ein mühsamer Weg, bis er endlich von den Behörden die *„Scientists and Explorers Licence"* für die Parzelle am Porcupine River erhalten hatte und mit den Ausgrabungen beginnen konnte. Seither hatten sie unzählige Kubikmeter Erde abgetragen und tausende von Fossilien gefunden. Doch keines dieser seltenen Art.

Mit dem Erlös aus dem kleinen Anteil an ihren Funden, konnten sie sich gerade über Wasser halten. Den Löwenanteil kassierte die Regierung ab.

Vor ein paar Wochen stieß Albert in einer Felsspalte mehr zufällig auf einen versteinerten Halswirbel. Alle gemeinsam kratzten und bürsteten sie im Liegen und im Knien Millimeter um Millimeter der Erde und des Sediments um die Knochen weg. Nach einigen Tagen stießen sie auf den Schädel. Als sie ihn halbseitig freigelegt hatten, konnten sie es kaum fassen. Sie hatten einen vollständig erhaltenen Schädel eines Säbelzahntigers gefunden!

Dieses Tier lebte in den Zeiten des Miozäns bis ins Pleistozän, also vor fünfzehn Millionen bis zehntausend Jahren vor unserer Zeitrechnung. Jüngere Exemplare fand man regelmäßig auf der ganzen Welt, wie beispielsweise in Rancho La Brea/Florida, aber diese waren nicht so gut erhalten. Ein überaus seltener Fund. Dazu noch so perfekt und vollständig. Die beiden oberen Fangzähne waren über fünfundzwanzig Zentimeter lang! Also ein echter Smilodon und dazu noch in Nordamerika! Ein Traum für jeden Fachmann und eine paläontologische Sensation.

Unter Sammlern und Mäzenen bekannter Museen wird, so vermutete Hank, dafür ein Preis von einer halben Million Dollar geboten. Nach dem Pflichtanteil für den Staat dürfte für die drei Männer genug dabei herausspringen, dass sie die nächsten zwei Jahre keine Geldsorgen mehr haben müssten.

Sollte es ihnen sogar gelingen, das ganze Skelett freizulegen, könnten sie über eine Million verlangen.

Aber was nützte nun ein ganzes Skelett, wenn sie den Schädel nicht mehr hatten?

***

Rick und Zeus hatten den ersten Hügel überwunden. Die Kleider waren nun schweißnass und Rick wusste, dass er jetzt keine Rast mehr machen könnte. Die Kleidung wäre augenblicklich gefroren.

Sie durchquerten die Ebene zwischen den beiden Hügeln und nahmen die letzte Steigung in Angriff.

Rick überlegte sich, was er alles falsch gemacht hatte. Hätte er auf Zeus gehört, wäre er nicht im Bach durchs Eis gebrochen und sie hätten nicht so viel Zeit verloren. Bestimmt wären sie längst bei den Mullers. Doch was nützte es ihm, nun zu hadern?

Er spürte, wie Zeus langsam nachließ. Sein Zug war nicht mehr so kraftvoll und er hechelte rasch.

„Nur noch diese Steigung, Alter. Dann haben wir es geschafft!", sagte er zu Zeus, glaubte aber selber nicht so recht daran. Was ist, wenn er sich im Gelände getäuscht hatte? War Mullers Hütte wirklich auf der anderen Seite des Hügels? Ihn fror noch mehr, bei dem Gedanken, dass sie sich vielleicht verlaufen hatten.

Wenig später sah er die Krete weiter oben und das schmale Felsband, welches sich deutlich aus dem Weiss des Schnees hervortat.

„Wir sind richtig!", keuchte er und spornte Zeus nochmals an, alles zu geben.

Wenige Minuten später hatten sie es geschafft! Der höchste Punkt war erreicht. Der Wind wandelte sich zwischenzeitlich zum Sturm. Es schlug die Schneeflocken in Ricks Gesicht. Er setzte die Skibrille auf und gab dem Schlitten die richtige Richtung. Das Terrain fiel gemächlich ab. Zeus spürte die Erleichterung seines Menschen und legte sich nochmals richtig ins Zeug.

Eine viertel Stunde später erreichten sie das kleine Wäldchen, hinter welchem der Pfad direkt zu Hütte führen musste. Von ihm war praktisch nichts mehr zu sehen. Der Wind verfrachtete den lockeren Schnee, gerade wie es ihm gefiel. Sie kämpften sich durch die Verwehungen, welche stellenweise bis zur Hüfte reichten. Es war ein Kampf! Die Muskeln waren blau und übersäuert. Schließlich konnte Rick weiter vorne die Umrisse der Hütte ausmachen.

„Gib Laut, Zeus!", wies er seinen Hund an. Dieser begann sofort lautstark zu bellen.

Es vergingen keine zehn Sekunden, bis sich die Tür öffnete und Lichtschein hinaus in den Schnee fiel. Muller stand mit einer Lampe und mit dem Gewehr in der Türe und versuchte, sein Gesicht aus dem Wind zu drehen. Eine zweite Person erschien in der Tür. Das musste Eleonore sein.

„Hey, ich bin's, Rick!", rief Rick und bremste Zeus ein.

„Was zum Teufel…", hörte er Michael rufen. Dann sah er, wie sich dieser den Umhang packte und vor die Hütte trat.

„Bring den Schlitten in die Scheune, sonst findest du ihn morgen nicht mehr!", rief er in den Sturm und half zu schieben.

„Was um Himmels Willen, ist passiert?", fragte er in der Scheune, doch Rick konnte nicht antworten. Er keuchte nur: „Lasst uns rein! An die Wärme!"

Rick spannte Zeus aus und führte ihn zur Tür. Michael nahm Cooper auf die Arme, verließ die Scheune und schlug mit dem Fuß das Tor zu. Rick wankte zum Eingang, fiel zwei, drei Mal fast hin. Cooper winselte.

Dann endlich hatten sie es geschafft. Rick stolperte in die Hütte. Eine Welle der Hitze schlug ihm entgegen und seine Skibrille beschlug augenblicklich. Eleonore schloss die Tür hinter ihnen zu und nahm Cooper von Michaels Armen. Sie legte ihn auf den Fußboden vor den Ofen, während sich Zeus in eine Ecke legte.

Normalerweise hatten Schlittenhunde nichts in der Hütte zu suchen. Das war ein Tabu. Aber die Mullers sahen sofort, dass sie heute eine Ausnahme machen mussten.

Nun kamen auch die beiden Kinder aus dem hinteren Zimmer nach vorne. Sie hatten offenbar schon geschlafen.

Rick war am Ende! Eleonore half ihm aus den nassen Kleidern. Ohne mit der Wimper zu zucken zog sie ihm alles aus. Auch die Unterwäsche. Hier draußen gab es diesbezüglich keine Hemmungen. Alles, was nass war, musste vom Körper weg. Sie umschlang Rick mit einer dicken Decke und führte ihn zum Stuhl beim Ofen, wo er sich dankend hinsetzte. Seine Zähne klapperten. Der ganze Körper begann zu zucken. Er brachte kaum einen verständlichen Laut über seine Lippen. Seine Finger waren taub und die Füße wurden von einer Million Nadeln gestochen.

„So, erzähl jetzt! Was ist passiert? Wo sind die anderen Hunde?", fragte Michael.

„Wölfe! Ein ganzes, verdammtes, riesiges Rudel", stotterte Rick.

„Wo?", fragte Eleonore nach.

„Drüben, bei der Lichtung, vor dem Seitental nach Norden. Alle anderen sind tot", stotterte Rick und er spürte den Kloss im Hals. Draußen hatte er einfach nur noch funktioniert. Doch jetzt, in Sicherheit, kam alles wieder hoch und er wurde sich erst jetzt richtig bewusst, dass er die anderen vier Hunde nie mehr sehen würde. Jetzt brachen alle Dämme! Ob er wollte oder nicht begann er zu schluchzen und die Tränen rollten über seine Wangen in den Bart.

„Das ist ja furchtbar!", sagte Eleonore und strich Rick tröstend durch die nassen Haare.

Michael machte sich daran, etwas Suppe aufzukochen.

„Dann habe ich die Abkürzung über den Hollow Creek genommen. Gegen den Willen von Zeus. Bin im Eis eingebrochen. Fast erfroren...", stotterte Rick. Seine Augen füllten sich erneut mit Tränen.

„Komm, Rick, iss erst mal etwas Suppe", sagte Eleonore und hielt ihm eine Tasse hin.

„Zuerst die Hunde!", stammelte Rick. Ihm wurde schwindlig.

„Ich mache das", murmelte Michael und schaute sich Coopers Verletzung an. „Das sieht nicht gut aus, Rick!"

„Ich weiß. Ich konnte ihn einfach nicht erschießen! Er wird es schaffen! Er hat mich in seinem Zustand noch aus dem Wasserloch gezogen! Ohne die beiden hätte ich es nicht geschafft. Sie brauchen jetzt etwas zu Essen und vor allem Wasser.", sagte Rick, und versuchte einen Löffel der Suppe.

„Heiß!"

„Gut so. Trink!"

Die Kinder brachten den Hunden getrocknete Lachsstreifen und eine Schale mit Wasser. Zeus schlang den Fisch hinunter und trank. Cooper humpelte auf drei Beinen zur Schale und trank zwei drei Schlucke. Essen mochte er nicht.

Dann hob Michael Cooper auf die Bank in der Ecke und zog die Laterne in die Nähe.

Er reinigte die Wunde mit einem desinfizierten Lappen, holte sein Rasiermesser und entfernte rund um die Wunde die Haare des Fells. Dann trug er eine dicke Schicht Wundsalbe auf und klebte das Ganze mit einer Gaze ab.

„Rosie, leg bitte die rote Decke dort neben die Bank!", bat Michael und legte dann Cooper darauf. „So, armer Kerl. Jetzt schlaf mal ein bisschen!", murmelte Michael und wandte sich Zeus zu. Er kontrollierte alle Pfoten und strich die hinteren beiden mit Salbe ein. „Das wird wieder."

„Zuerst hat mir Zeus das Leben gerettet und dann auch noch Cooper! Ich wäre allein nicht mehr aus dem Eisloch gekommen", wiederholte sich Rick und trank die Suppe fertig.

„Peter, hol die Matratze vom Dachboden und leg sie dort neben den Ofen!" bat Michael seinen Sohn und schob den Tisch etwas zur Seite.

„Jetzt werdet ihr drei erst einmal richtig schlafen und morgen sehen wir weiter."

Rick stand unsicher auf und schwankte zu Zeus. Er kraulte seinen Nacken. „Ohne dich hätten wir es nicht geschafft. Ich danke dir mein Guter!", flüsterte er ihm ins Ohr. Zeus leckte Ricks Wange ab, als wollte er sagen: „Wir sind ein Team, Alter!"

Rick kroch auf allen Vieren zur Matratze und ließ sich darauf nieder.

„Gott sei Dank, dass ihr hier draußen wohnt. Wäre es nicht so, wäre ich jetzt tot.", stammelte er, bevor er einschlief.

***

Ron erreichte Ricks Hütte gegen zehn Uhr abends. Er sah sofort, dass sein Bruder nicht da war. Vor der Tür hatte sich eine hüfthohe Schneeverwehung gebildet und aus dem Kamin stieg kein Rauch auf.

Ron deckte das Schneemobil mit einer Plane zu und stapfte zur Tür. Er entfernte den Absperrbalken und stieß die Tür auf. Mit seiner Handlampe leuchtete er die Hütte aus. Es schien alles in Ordnung zu sein. Auf dem Tisch fand er die Mitteilung mit Aufenthaltsort und Datum. „Bin auf Tour. Die Fallen kontrollieren. Nordwestlich. Vielleicht noch ein Besuch bei Mullers." Unten das Datum.

Ron stutzte. Rick hätte längst wieder zurück sein müssen!

„Na ja. Vielleicht sitzt er den Schneesturm bei den Mullers aus", murmelte er, öffnete den Ofen und machte ein Feuer an.

Er lud alle Sachen vom Anhängerschlitten und brachte sie in die Hütte. Dann packte er die Kisten aus und räumte die dicht gepackten Nahrungsmittel, das Lampenpetrol, die Batterien und das Toilettenpapier in die kleine Kammer ganz hinten. Das Hundefutter und die nicht dicht verpackten Esswaren trug er hinaus, stellte die Leiter am Vorratshaus an und wuchtete Kiste um Kiste hinauf. Weit weg von den gefräßigen Tieren.

Mittlerweile tobte der Sturm mit unbändiger Kraft los. Ron war froh, dass er die Hütte bereits erreicht hatte.

Er schmolz Schnee in einem Krug auf dem Ofen und packte die Kiste mit dem neuen Funkgerät aus.

Er stellte es auf das Regal, auf welchem das alte früher stand und schloss die Polklemmen an der Batterie an. Nachdem er auch die Verbindung zur Außenantenne angeschlossen hatte, schaltete er das Gerät ein. Er wählte die private Frequenz, welche er nur für Gespräche mit Betty teilte und auf welcher sich höchst selten andere Funker unterhielten.

„Ron ruft Betty in Old Crow."

Er wartete.

„Ron ruft Betty in Old Crow", wiederholte er.

Er wartete erneut.

„Vielleicht schläft sie schon. Heute ist ja die Bar geschlossen", murmelt er, stand auf und wollte sich einen starken Kaffee aufsetzen.

Er hörte ein kurzes Rauschen und dann: „Hier ist Betty. Ron, bist du da?"

„Ja, Betty. Ich habe es geschafft, bevor die Hölle da draußen richtig losbrach!"

„Da bin ich aber froh, Ron! Wie geht es Rick?"

„Rick ist nicht da. Er ist draußen bei den Fallen. Er wollte auch noch zu den Mullers, müsste aber eigentlich längst wieder hier sein."

„Das ist nicht gut, Ron! Versuch die Mullers zu erreichen! Wenn er nicht dort ist, ist vielleicht etwas passiert. Melde dich wieder, damit ich wenn nötig die RCMP benachrichtigen kann. Ok?"

„Ok, Kleines. Ich melde mich nochmals."

Nachdenklich starrte Ron auf das Funkgerät und flüsterte dann: „Mach kein Mist, Bruderherz!"

Er klaubte den kleinen Zettel vom Nagel am Balken neben dem Regal und las die Frequenzliste durch. Er stellte diejenige der Mullers ein und sprach ins Mikrofon: „Ron Dempsey ruft Michael Muller. Bitte antworten."

Er wiederholte unzählige Male den Aufruf, erhielt aber keine Antwort. Er wartete eine halbe Stunde und versuchte es dann nochmals. Wieder ohne Antwort.

Nachdenklich stellte er die Frequenz wieder um und rief Betty an.

„Ich kann die Mullers nicht erreichen. Ich schlage vor, dass wir mit der RCMP noch warten bis morgen. Die können bei diesem Sturm sowieso nichts machen. Wenn Rick bis am Morgen nicht zurück ist, werde ich ihn suchen gehen."

„Einverstanden, Ron. Pass auf dich auf und melde dich nochmals, bevor du morgen losfährst."

„Ok, Schatz. Schlaf gut."

Ron setzte sich an den Tisch und versuchte Ricks Fallenstellplätze in Gedanken abzurufen. Er war mit ihm schon drei oder vier Mal im Sommer unterwegs, um die Fallen zu kontrollieren.

Es fehlte nicht viel und er hätte sich angezogen und wäre sofort losgefahren. Aber bei diesem Wetter hätte er einen Meter an Rick vorbeifahren können, ohne ihn zu bemerken. Es machte einfach keinen Sinn!

Er tröstete sich damit, dass Rick ein erfahrener Trapper war. Er verstand es viel besser als er selber, mit der Natur in Einklang zu funktionieren und da draußen zu überleben.

Er steckte sein Satellitentelefon nochmals beim Batterie-Adapter ein, um es für den morgigen Tag vollständig aufzuladen. Dann legte er die wichtigsten Sachen, die er mitnehmen wollte, auf den Tisch.

Nach einem letzten erfolglosen Versuch, die Mullers zu erreichen, schob er noch etwas Feuerholz nach und legte sich auf das Bett. Er machte sich Sorgen um Rick und konnte lange nicht einschlafen.

***

Hank öffnete die Tür eine Hand breit und blickte nach draußen. Der Sturm hatte nachgelassen. Casper und Albert schliefen noch tief und fest. Er packte die wichtigsten Sachen zusammen und zog die warmen Überkleider und die wuchtigen Stiefel an.

„Fährst du schon los?", murmelte Casper verschlafen, richtete sich im Bett auf und rieb sich die Augen.

„Je früher desto besser. Ich hoffe, dass das RCMP-Büro in Old Crow besetzt ist. Wenn nicht, haben wir Pech gehabt. Bei dem vielen Neuschnee fahre ich nicht runter nach Eagle Plains. Ist zu weit und zu gefährlich!"

„Was dann?", fragte Albert, der auch aufgeweckt wurde.

„Dann komme ich zurück, und wir müssen weitersehen."

„Bis dann hat Muller den Schädel längst versteckt!", murmelte Albert.

„Wir werden sehen. Also bis bald, Jungs", antwortete Hank und verließ die Hütte.

Er brauchte etliche Versuche, bis das Schneemobil ansprang. Dann fuhr er los.

„Eigentlich glaube ich nicht, dass Muller den Schädel hat", sagte Casper beiläufig und gähnte herzhaft. „Ich glaube er ist ein aufrechter Kerl. Zumal er diesen Sommer selber reichlich Fossilien gefunden hat!"

„Gelegenheit macht Diebe! Vielleicht hat er etwas ganz Anderes von uns gewollt und in der Hütte die Kiste mit dem Schädel gesehen. Wir waren ja draußen. Es wäre ein Leichtes gewesen, die Kiste zu schnappen und abzuhauen."

„Du bist ein Trottel, Albert! Hättest du die Kiste richtig versteckt, müssten wir uns jetzt nicht mit diesem Problem auseinandersetzen. Wir hätten längst gepackt und wären unterwegs nach Dawson!"

„Ich hau dir gleich eins in deine dumme Fresse!", fauchte Albert und schnellte aus dem Bett. Doch Casper war darauf gefasst, packte ihn und drückte ihn runter auf den Fußboden.

„Beruhige dich jetzt! Gesteh deinen Fehler ein und wir gehen das Problem gemeinsam an. Auch ich will den verdammten Schädel zurück!"

Langsam beruhigte sich Albert und wand sich aus dem mittlerweile losen Griff um seinen Hals.

„Ich werde jetzt sofort zu den Mullers fahren! Ich werde die Wahrheit aus Michael herausprügeln. Und wenn es nötig wird, werde ich auch seine Alte in die Mange nehmen!", zischte Albert zornig und begann sich anzuziehen.

„Einen Scheiß wirst du tun! Du bleibst hier, bis Hank mit den Polizisten zurückkommt. Wir nehmen das Gesetz nicht in unsere Hände, Albert!"

„Du hast mir nichts zu befehlen! Es ist genauso mein Schädel!", schrie Albert und versuchte sich an Casper vorbei zu drängen.

„Ich habe Schulden! Ich brauche das Geld aus dem Erlös! Lass mich durch!", zischte er, packte Casper am Arm und versuchte ihn wegzuzerren.

„Spielschulden hast du! Ich habe ja gesagt, dass du ein Trottel bist! Kein Mensch spielt um Geld, das er nicht hat! Idiot!", schrie Casper zurück und packte Albert an der Jacke.

Dieser riss sich los und versuchte nach draußen zu laufen. Casper packte ihn erneut, stolperte, fiel zu Boden und kriegte nur noch einen von Alberts Stiefeln zu fassen. Dieser drehte sich blitzschnell um und trat mit dem anderen Fuß nach Caspers Kopf. Er fühlte den Schlag und es wurde dunkel um ihn herum. Ganz weit weg hörte er noch wie die Tür zuschlug und wenig später den Motor des Schneemobils. Dann hörte und fühlte er nichts mehr.

***

Rick wurde durch das unterdrückte Kichern der Kinder geweckt. Er öffnete langsam seine Augen und blickte in die verstohlenen Gesichter der beiden kleinen Mullers. Ihrem Blick folgend schaute er nach unten und erblickte Coopers Kopf, welcher unter der Decke hervorguckte. Der Hund hatte sich offenbar in der Nacht auf Ricks Matratze geschlichen und sich unter der Decke eingerollt.

„Cooper!", murmelte Rick und zog die Decke weg. Bettelnd hob Cooper den Kopf und blickte Rick genau in die Augen. Als wollte er sagen: „Deck mich wieder zu. Es ist so schön warm!"

Rick konnte ein Schmunzeln nicht unterdrücken. Cooper hatte verstanden. Er stand unsicher auf seine Pfoten, streckte sich und humpelte in die Ecke, wo Zeus auf der roten Decke lag.

„Dieser Schelm hat die Situation schamlos ausgenutzt!", sagte Rick, als er Eleonore hinter sich grinsen hörte.

„Ich bring die beiden nachher in die Scheune", sagte sie und legte Rick die trockenen Kleider hin.

Er rappelte sich mühsam auf. Sein Körper fühlte sich geschunden an. Langsam zog er sich an und bemerkte, dass an seiner rechten Schulter ein großes Pflaster klebte.

„Wie hat es ausgesehen?", fragte er Eleonore.

„Zwei Bisslöcher und ein Bluterguss. Das wird wieder", sagte sie knapp.

„Ich danke dir. Ich danke euch allen. Es hätte gestern nicht viel gefehlt!", sagte Rick und streckte seinen Körper durch. Dann zog er sich fertig an und rief die beiden Hunde zu sich. Er sah, dass Coopers Verband erneuert worden war und bedankte sich.

„Die Hunde haben schon gegessen", sagte Eleonore.

Dann erst blickte er sich um und fragte: „Wo ist Michael?"

„Er ist noch kurz zur Baracke auf der Grabungsparzelle gefahren. Er muss hier noch etwas reparieren und will das Schweißgerät holen."

Rick zog die Kapuze hoch. „Ich bring die Hunde in die Scheune."

„Gut. Beeil dich. Ich mache Frühstück, damit wir gleich essen können, wenn Michael zurück ist."

Rick trat mit den Hunden vor die Hütte. Der Sturm hatte sich gelegt. Der Schnee lag etwa einen halben Meter tief. Lockerer, feiner und eiskalter Schnee. Zeus wälzte sich in der weißen Pracht. Cooper sah zu. Von Osten her wurde es etwas hell. Viel heller würde es wohl nicht mehr werden.

Als Rick die Tür zur Scheune aufstieß, glaubte er, aus östlicher Richtung Michaels Schneemobil zu hören. „Gutes Timing", dachte er laut. Doch dann verstummte das Geräusch und es war wieder ruhig.

Rick horchte und schüttelte verständnislos den Kopf. Er ging mit den Hunden in die Scheune und suchte ein paar Sachen zusammen, auf denen sie es sich bequem machen konnten. Jetzt war ihm, als hätte er das Schneemobil wieder gehört. Diesmal aus Richtung Norden. Er konnte sich darauf keinen Reim machen. Er zog die Scheunentür von innen zu und wollte prüfen, wie stark der Wind durch die Bretterwände pfiff. Er hätte den Hunden noch zwei oder drei Bretter oder Pappkartons als Windschutz hingestellt.

Jetzt hörte er das Schneemobil erneut. Es kam näher. Er wollte soeben die Scheunentür wieder öffnen um Michael zu begrüßen, als das Schneemobil aus dem Wald auf die Lichtung vor dem Haus schoss. Es saßen zwei Männer darauf. Der vordere war Michael. Rick erkannte ihn an seiner grellen, gelben Jacke. Doch hinter ihm saß ein Mann, den er an seiner Kleidung nicht erkannte. Dieser hielt Michael einen Revolver an den Kopf. Schnell zog Rick das Tor wieder ganz zu und beobachtete die Szene durch einen Spalt in der Bretterwand.

Michael hielt an und erhob sich langsam, um abzusteigen. Der andere Mann ließ keine Sekunde von ihm ab. Die Tür zur Hütte öffnete sich und

Eleonore trat hinaus. Als sie sah, was da gerade passierte, stieß sie einen Schrei aus und wollte die Tür wieder schließen. Doch in drei Schritten war der Mann bei ihr und hielt nun sie in Schach.

„Was geht hier vor?", stieß sie ängstlich hervor.

Michael ging ganz langsam auf die beiden zu, die Hände ermahnend und gleichzeitig beschwichtigend vor sich haltend. „Eli, das ist Albert von den Wilkinsons", sagte er ruhig.

„Und was willst du von uns?", fragte Eleonore mit zittriger Stimme.

„Ich will nur zurück, was uns gehört!", sagte Albert und drängte Eleonore in die Hütte. Michael folgte den beiden vorsichtig.

„Und was zum Teufel soll das sein?", presste Michael hervor.

„Unseren Säbelzahntiger-Schädel! Die Trophäe des ganzen Sommers!", rief Albert und machte Michael und Eleonore ein Zeichen, dass sie sich hinsetzen sollen. In diesem Moment kamen die beiden Kinder aus der Schlafkammer hervor und schauten verstört auf Albert und dessen Waffe.

„Ha! Die beiden Kinder!", rief Albert und blickte kurz zu ihnen hin. Wie versteinert standen sie da, mit offenem Mund und versuchten zu verstehen, was gerade passierte. Albert ignorierte sie und sagte ernst zu Michael: „Du kannst es auf die harte Tour haben oder auf die sanfte. Gib mir den Schädel zurück und ich werde hier verschwinden. Wenn nicht, werde ich euch so lange die Hölle heiß machen, bis du es dir anders überlegst. Und irgendwann, wenn meine Geduld am Ende ist, werde ich deine Frau erschießen. Dann deinen Sohn, dann deine Tochter. Gefällt dir das?"

Michael ließ sich nicht beirren und versuchte ein sachliches Gespräch in Gang zu bringen. „Sag mir jetzt endlich, was es mit dem Schädel auf sich hat. Du platzt hier in unser Heim, bedrohst uns mit dem Tod und wir wissen noch nicht einmal warum!"

„Scheinheiliger Lügner!", schrie Albert und fing an, mit dem Revolver herum zu fuchteln. „Du warst am Montag auf unserem Grabungsabschnitt. Ich habe dich gesehen! Und seither ist der Schädel verschwunden! Du hast ihn geklaut!"

Michael dachte kurz nach und sagte dann ruhig: „Ich war auf eurem Abschnitt. Am Montag. Das stimmt. Ich habe euch die grüne Plane zurückgebracht, die ihr mir ausgeliehen habt. Es war aber niemand in der Hütte, also habe ich die Plane auf die Bank neben dem Ofen gelegt und bin wieder gegangen."

„Du lügst!", presste Albert hervor und blickte sich um, wie ein Tier, das in die Enge getrieben wird.

Sein Gesicht verzog sich zu einer Fratze. Er drohte jeden Moment zu explodieren.

Michael wusste, dass er das Gespräch in Gang halten musste. „Es gibt bestimmt eine Erklärung. Möglicherweise…"

„Schweig!", fiel ihm Albert ins Wort", du brauchst gar nicht zu versuchen, dich herauszureden! Wir haben alles abgesucht und die Kiste nicht mehr gefunden!"

„Ich mache dir einen Vorschlag, Albert. Ich fahre mit dir zurück zu eurer Hütte und helfe euch beim Suchen. Die Kiste muss ja irgendwo sein!", versuchte Michael weiter das Gespräch am Laufen zu halten.

„Natürlich ist die Kiste irgendwo und wahrscheinlich gar nicht so weit weg von hier. Du verdammter Lügner! Warte…", zischte er, stand auf und packte Eleonore am Arm. „Du kommst jetzt mit mir!", befahl er ihr und schleifte sie in den Schlafraum. „Raus hier!", schrie er die Kinder an, welche sofort zurück in den Wohnraum liefen.

„Was soll das, Albert! Lass meine Frau in Ruhe!", rief Michael und versuchte ihnen zu folgen. Doch Albert richtete den Revolver wieder an Eleonores Schläfe und sagte: „Wenn ich mit ihr fertig bin, kannst du sie wiederhaben!"

Michael wusste im Moment nicht mehr aus noch ein. Was sollte er nur tun? Er deutete den Kindern an, dass sie sich anziehen sollen. Sie zögerten keinen Augenblick und wie der Blitz standen sie da, fertig eingepackt.

„Geht in die Scheune!", flüsterte Michael leise und die Kinder gingen. Leise verschloss Peter die Tür hinter sich.

„Albert!", rief Michael, „ich sage dir, wo der Schädel ist." Er wusste nicht, wie er den Kerl sonst von seiner Frau hätte weglocken können.

Eine Sekunde später stand Albert wieder im Wohnraum und lächelte. „Siehst du, ich habe es dir doch gesagt. Ich habe übrigens deine Frau nicht angefasst! Sie hat zwar schöne Brüste und einen tollen Arsch, aber sie ist nicht mein Typ!"

„Wenn du sie angefasst hättest, hätte ich dich getötet!", sagte Michael ruhig.

Eleonore stand neben Albert. Sie deutete Michael mit ihren Augen zu den Kleiderhaken an der Wand, so, dass es Albert nicht sehen konnte. Unauffällig blickte Michael dort hin. Er sah, dass Ricks Kleider weg waren, ebenso sein Revolvergurt. Das Gewehr stand aber noch in der Ecke. Michael dachte nach. Rick musste also noch hier sein. Er würde nie ohne Gewehr den Weg zurück in Angriff nehmen.

Er blickte Eleonore fragend an und sie deutete ihm wieder mit den Augen die Richtung zur Scheune.

Michael atmete unsichtbar durch. Also waren zumindest seine Kinder in Sicherheit. Bestimmt würde Rick auf eine gute Gelegenheit warten, um Albert abzuknallen oder zumindest zu entwaffnen.

„Was ist? Worauf wartest du noch?", fragte Albert und begann wieder mit seiner Waffe herum zu fuchteln.

„Albert, wir hatten einen guten Sommer und haben reichlich Fossilien gefunden. Ich gebe dir unsere Ausbeute, wenn du dafür abhaust."

„Du hast zuerst gesagt, du hättest den Schädel nicht! Vorhin sagtest du, dass du ihn doch hast", krächzte Albert halb hysterisch.

Michael wusste im Moment nicht, was er sagen sollte.

„Du willst es also tatsächlich auf die harte Tour!", murmelte Albert, senkte seine Pistole und zielte auf Eleonores Fuß.

„Warte…! Warte…!", platzte Michael heraus, aber es war schon zu spät. Albert hatte schon abgedrückt. Eleonore schrie auf, blickte nach unten und sah, dass er am Fuß vorbei in den Holzboden geschossen hatte.

„Die nächste Kugel trifft!" sagte er nur und stieß Eleonore auf den Stuhl.

„Wir müssen zur Grabungsparzelle!", sagte Michael leise. Er wollte den Kerl von seiner Familie weglocken. Eleonore starrte ihn mit aufgerissenen Augen an.

„Ich werde mir zuerst noch ein Gläschen Schnaps gönnen", sagte Albert und deutete auf die drei Whiskyflaschen, welche illegalerweise auf dem Regal standen. „Und etwas zu Essen wäre auch nicht schlecht."

„Ich dachte, der Schädel wäre dir so wichtig?", fragte Michael, welcher den Kerl einfach nur noch von seiner Frau weghaben wollte.

„Der Schädel wird auch noch in zwei Stunden dort liegen, wo er jetzt ist!", schnauzte ihn Albert an.

„Gut, wie du willst. Eli, machst du Albert etwas zu essen?", wandte sich Michael an seine Frau. Albert nickte mit dem Kopf. „Und immer schön von der Tür wegbleiben, ok?" Er grinste hämisch. Er war Herr der Situation. Er hatte die Lage unter Kontrolle. Ihn, den man sonst nirgendwo für voll nahm. Er hatte die Waffe und er war der Boss!

Ricks Gewehr hatte er aber noch nicht entdeckt. Es war hinter dem langen Wollschal, der am

Kleiderhaken hing, fast nicht zu sehen. Michael legte sich verschiedene Strategien zurecht, während er eine Flasche Schnaps vom Regal nahm und Albert ein Glas davon einschenkte.

***

Als die Kinder Rick erzählten, was in der Hütte passiert, wäre er am liebsten hinübergerannt und hätte dem Kerl eine Kugel in den Kopf gejagt. Aber was wäre, wenn Michael den Schädel tatsächlich gestohlen hatte? Nein! Nicht Michael! Oder vielleicht doch?

Rick entschloss sich, nach drüben zu schleichen und zumindest zu horchen. Er wies die Kinder an, bei den Hunden zu bleiben und auf keinen Fall zur Hütte zu kommen, außer er würde sie rufen. „Ihr kommt auch nicht, wenn Mom oder Dad euch rufen! Habt ihr verstanden?"

Die Kinder nickten. Sie kannten Rick gut und wussten, dass er es sehr ernst meinte.

Also zog Rick die Jacke zu, die Mütze über die Stirn und schlich los. Es war leicht, denn die Seitenfenster der Hütte waren mit den Fensterläden verschlossen. Niemand konnte ihn sehen. Nur das leise Knirschen des Schnees unter seinen Stiefeln hätte ihn verraten können.

Bei der Hütte zog er die Mütze aus und presste sein Ohr ans eiskalte Holz. Er hörte Eleonore und Michael reden. Also waren beide noch am Leben. Verstehen konnte er die Worte nicht. Zwischendurch drangen befehlende Laute von Albert an sein Ohr.

„Wie komme ich nur an sie heran, ohne sie zu gefährden?", fragte er sich stumm. Es gab ja nur die Tür.

Er hörte, wie jemand im Ofen Holz nachlegte und die Metalltür zuklappte. Da kam ihm eine Idee. Er schlich vom Haus weg zum Waldrand. Dort grub er sich durch den Schnee bis auf die Wiese. Er nahm sein Messer und stach ein rechteckiges Stück Wiese aus, was angesichts des ziemlich gefrorenen Bodens nicht gerade einfach war. Dann löste er die Grasnarbe und schlich zur Hütte zurück. Leise nahm er die Leiter aus der Verankerung hinter der Hütte und legte sie langsam an den gemauerten Kamin an. Sprosse für Sprosse kletterte er vorsichtig hoch, bis er die Kaminöffnung erreicht hatte.

***

Caspers Füße kribbelten. Er kam langsam wieder zu sich. Er brauchte einen Moment, bis er wieder wusste, wo er sich befand. Seine rechte Schläfe, das Genick und der Hals schmerzten. Langsam versuchte er aufzustehen. Er blickte sich in der Hütte um. Er war allein. Erst jetzt erinnerte er sich an den Streit mit Albert. Ihm zog sich der Magen zusammen. So rasch er konnte rappelte er sich auf und stolperte auf wackligen Beinen ins Freie. Albert war längst weg. Nun stand er da, allein, ohne Schneemobil, ohne Funkgerät und hatte keine Ahnung, was er nun unternehmen sollte. Er erinnerte sich daran, dass Albert komplett außer sich damit gedroht hatte, zu den Mullers zu fahren und die Wahrheit aus Michael herauszuprügeln.

Er dachte nach. Er würde mindestens zwei Stunden brauchen um die Strecke zu den Mullers zu Fuß zu schaffen. Aber was würde er dort antreffen? Sollte er lieber hier auf Hank und die RCMP warten? Er war hin- und hergerissen. Schließlich entschied er sich, eine Nachricht für Hank zu hinterlassen und den Weg zu Fuß zu gehen.

Er zog sich warm an, packte die wichtigsten Dinge in seinen Rucksack, schnappte sich die großen

Schneeschuhe vom Haken und trat ins Freie. Eine Minute später lief er los. Sein Gewehr vorgehängt, mit beiden Händen umgreifend. „Hoffentlich hat Albert keinen Mist gemacht!", keuchte er und ging in den Studierschritt über. Immer drei Schritte pro Atemzug. Reichte die Luft nicht mehr, war er zu schnell. So konnte er sich immer an der Grenze seiner Leistungsfähigkeit fortbewegen, ohne rasch zu erschöpfen.

Die Bäume tanzten im Schein seiner Stirnlampe.

***

Hank machte sich in Begleitung von zwei Polizisten der RCMP auf den Weg zurück zur Hütte. Den älteren von ihnen nannten sie Frazer. Er war bestimmt schon über fünfzig und von eindrücklicher Statur. Etwas rundlich aber sehr muskulös. Seine buschigen, grauen Augenbrauen ließen einen direkten Blick in seine Augen fast nicht zu. Er murmelte mehr, als dass er sprach. Trotzdem hatte er etwas Väterliches an sich. Der jüngere Polizist namens Bagley war das pure Gegenteil. Knapp dreißig Jahre alt, schlank, eher kleingewachsen, mit einem wilden Rotschopf und bleicher Haut. Er hatte eine spitze Zunge und immer eine zynische Bemerkung parat.

Hank fuhr voraus. Die Polizisten folgten jeder auf seinem eigenen Schneemobil. Er fuhr schnell. Sehr schnell. Doch die Polizisten hängten sich an seine Fersen. Er fuhr so schnell er nur konnte, doch für die beiden Polizisten war dies offenbar noch gar nichts. Diese wurden auf den Schneemobilen ausgebildet. Sie beherrschten die Fahrzeuge unter allen Bedingungen. Zudem waren sie viel stärker motorisiert. Irgendwann verlangsamte er und die beiden Polizisten rauschten an ihm vorbei. Sie hielten erst wieder an, als sie sich von Hank den Weg zeigen lassen mussten.

***

Ron hatte sich früh auf den Weg gemacht. Er hatte nochmals kurz mit Betty gesprochen, bevor er aufbrach. Er kam gut voran und erreichte den ersten Fallenstellplatz ein paar Stunden später. Er stellte nichts Besonderes fest und fuhr weiter. Er kontrollierte die weiteren Plätze, bis er bei der Lichtung ankam. Er stellte den Motor ab und lauschte. Es war totenstill. Nur das leise Rauschen des kalten Windes in den Bäumen war zu hören. Das fahle Tageslicht reichte nicht aus, um etwas weiter entfernt noch etwas erkennen zu können. Er schaltete deshalb die große Handlampe ein und ließ den Lichtkegel über das Gelände streichen. Er bemerkte einen kleinen, etwa hüfthohen Schneehügel, welcher unnatürlich wirkte. Mit der einen Hand wischte er den Schnee weg und eine Holzkiste kam zum Vorschein. Dann ein Seesack und weitere Beutel und Taschen. „Grundgütiger…! Die gehören Rick!", platzte es aus ihm heraus. Sofort leuchtete er die Umgebung weiter ab und suchte den Schlitten. Er konnte ihn nirgendwo sehen. Unweit seines Standortes machte er eine längliche Erhöhung unter dem Schnee aus. Seine Nackenhaare sträubten sich. „Bitte, lass das nicht Rick sein!", schickte er ein Stoßgebet zum Himmel und trat näher. Nun sah er, dass die Erhöhung nicht durchgehend war, sondern aus mehreren kleineren Gegenständen bestand. Vorsichtig bückte er sich und wischte von einem der Erhöhungen den Schnee weg. Er stieß auf Fell. Er zerrte daran und zog den ausgeweideten Kadaver eines Schlittenhundes aus dem Schnee. „Das ist doch…", murmelte er und wurde nervös. Hastig begann er die anderen Erhöhungen auszugraben. Schließlich hatte er vier tote und zur Hälfte gefressene Schlittenhunde vor sich. Allesamt von Ricks Gespann. Ron musste sich fast übergeben. „Verdammt nochmal, was ist hier passiert?", flüsterte er, als ob ihn jemand hätte hören können.

Er setzte sich auf sein Schneemobil und dachte nach. Rick musste von einem Wolfsrudel angefallen worden sein. Das stand fest. Da alle toten Hunde sehr nahe beieinander lagen, ging Ron davon aus, dass sie nach dem Massaker durch Rick eingesammelt worden waren. Also musste er noch am Leben sein. Ebenso fehlten zwei Hunde. Ron kannte die Tiere nicht so gut, war sich aber sicher, dass der Leithund nicht unter den Kadavern war.

Wie hätte er in dessen Situation gehandelt? Er versuchte, sich in Ricks Situation zu versetzen. Zurück zu seiner Hütte konnte Rick nicht gegangen sein. Erstens hätte er ihn dann auf dem Weg hierher angetroffen und zweitens wäre es unvernünftig gewesen, den langen Weg ohne Gespann anzutreten. Zu den Mullers wäre es viel näher. Er versuchte sich zu erinnern, in welche Richtung er dazumal mit Rick gefahren war. Er leuchtete nochmals die Lichtung ab und sah auf der anderen Seite den schmalen Durchgang zwischen den Bäumen. Er startete den Motor und fuhr quer über die Lichtung in den Wald. Er erreichte eine halbe Stunde später die nächste Lichtung, wo sich der Pfad aufteilte. Der eine Arm durch das Seitental und der andere zum Fluss. Er wählte vernünftigerweise den Weg in Richtung Seitental und manövrierte sein Gefährt vorsichtig zwischen den kleinen Bäumen hindurch. Nach ein paar Metern stoppte er abrupt und stieg ab. Er betrachtete die Zweige der Fichten hinter ihm und vor ihm. Die Zweige hinter ihm hatte er beim Durchfahren gestreift. Der Schnee war dadurch heruntergefallen. Die Zweige vor ihm waren noch voll mit Schnee. Und zwar mehr, als letzte Nacht gefallen war. Dies konnte nur bedeuten, dass sich hier schon eine Weile niemand mehr durchgezwängt hätte. Rick musste also einen anderen Weg genommen haben! „Der ist doch hoffentlich nicht über den Fluss gegangen!", platzte Ron heraus und wendete sein Schneemobil so schnell es zwischen den eng stehenden Bäumen ging.

Er fuhr zurück zur Weggabelung und bog weiter vorne auf den Pfad in Richtung Fluss ein. Im Gegensatz zu Rick fand er die Furt auf Anhieb. Er stieg ab, während er den Motor laufen ließ, um die Uferböschung mit dem Scheinwerfer auszuleuchten. Langsam ging er zum Ufer und betrachtete die Eisfläche. Obschon in der Nacht reichlich Schnee gefallen war, konnte er das Loch im Eis, etwa in der Mitte der Furt, gut sehen. „Großer Gott!", flüsterte er und leuchtete mit der Handlampe zum anderen Ufer. Ihm fiel eine kreisrunde Stelle ein, auf welcher nur sehr wenig Schnee lag. War es eine Feuerstelle? Ron legte sich auf den Bauch und rutschte vorsichtig über das Eis. Das Loch umging er mit einigem Abstand und erreichte das andere Ufer ohne Zwischenfall. Sofort lief er zu der Stelle, die er von der anderen Seite gesehen hatte. Er wischte die dünne Schneeschicht weg und fand verbranntes Holz. Er konnte sich nun genau vorstellen was passiert war. Rick ist eingebrochen und musste ein Feuer machen, damit er nicht erfror.

Ron wusste, dass das Eis viel zu dünn war, um mit dem Schneemobil darüber zu fahren. Er musste also wieder zurück über den Fluss. Er tat dies auf dem gleichen Weg, auf dem er gekommen war und erreichte sein Fahrzeug. Er füllte den Tank nochmals ganz auf und machte den leeren Kanister auf dem Gepäckträger fest.

Dann nahm er das Satelliten-Telefon aus dem Rucksack und rief Betty an.

„Hallo Betty, kannst du mich verstehen?"

„Ja, Ron, klar und deutlich. Wo bist du?"

„Lange Geschichte! Hast du die Karte von hier oben greifbar?"

„Welche meinst du?"

„Erinnerst du dich an die Furt, durch welche wir im Sommer mit den Quads rüber zu den Mullers gefahren sind?"

„Ja, schon, mein Gott! Was hast du dort verloren?"

„Bin unterwegs zu den Mullers. Suche immer noch nach Rick. Hab seine Hunde gefunden. Vier davon sind tot. Vermutlich wurden sie von Wölfen angegriffen. Er ist offensichtlich über den Fluss gegangen. Das Eis ist aber zu dünn für das Schneemobil. Ich brauche eine andere Route!"

„Ok, warte kurz. Ich ruf dich zurück."

Ron wartete. Drei oder vier Minuten später klingelte es.

„Ja?"

„Es gibt nur den Weg durch das Seitental. Weg vom Hollow Creek!"

„Bist du ganz sicher? Das dauert ja ewig dort entlang!"

„Ich bin ganz sicher. Ich habe noch kurz Yatuk in der Bar vorne gefragt. Er kennt sich dort oben aus, wie in seiner Westentasche."

„Ok, Kleines. Ich gehe durch das Seitental. Ich melde mich wieder, wenn ich bei den Mullers angekommen bin."

„Ok, Großer. Ich bete für Rick!"

„So ein Mist!", rief Ron aus und fuhr zur Lichtung zurück. Dort bog er in Richtung Seitental ab und fuhr so schnell er konnte durch den Wald. Der Schnee flog beidseits von den Ästen und wirbelte hinter Ron auf.

**

Rick wartete oben auf der Leiter. Jetzt konnte er durch den Kamin einzelne Worte verstehen.

„Albert, können wir jetzt gehen?", hörte er Michael fragen. Der zweite Mann war also Albert. Rick kannte ihn flüchtig. Er hatte ihn ein oder zwei Mal bei den Wilkinsons gesehen.

„Nur noch ein Whisky, dann können wir. Du hattest es vorhin ja auch nicht eilig!", antwortete dieser.

Rick hörte an Alberts Aussprache, dass er schon ziemlich viel gesoffen hatte. Das war ganz schlecht. Wenn er in seinem Zorn nun auch noch betrunken war, wurde es noch gefährlicher!

Er musste nun sofort handeln!

Lautlos legte er den Grasziegel auf die Kaminöffnung und verstopfte so den Austritt des Rauches. Vorsichtig kletterte er die Leiter hinunter und legte sich an der vorderen Ecke der Hütte auf die Lauer.

Es dauerte nicht lange, bis er das erste Husten aus der Hütte vernahm. Dann hörte er Albert fluchen und herumschreien: „Nimm das Holz raus, bevor wir hier drin geräuchert werden. Und dann steigst du auf das Dach! Der Kamin ist verstopft!"

„Und wie soll ich bitteschön das Holz rausnehmen, ohne die ganze Hütte abzufackeln?" schrie Michael zurück.

„Nimm Wasser¨!", rief Eleonore.

„Ist keines mehr da! Ich hole draußen Schnee!", rief Michael, doch Albert sagte: „Du gehst nicht raus! Du willst nur abhauen."

„Denkst du, ich würde meine Frau mit dir alleine hier zurücklassen?", sagte Michael, bevor er einen Hustenanfall bekam. Auch Eleonore und Albert husteten, als ob sie am Ersticken wären.

Albert riss die Tür auf, trat aber nicht ins Freie sondern behielt die beiden anderen im Auge. Rick hörte, wie sich jemand am Ofen zu schaffen machte. Dann hörte er Michael fluchen und ein brennendes Stück Holz flog aus der Tür und landete zischend im Schnee. Dann folgte ein weiteres. Rick befürchtete schon, dass sein Plan nicht aufgehen würde und sie das Feuer im Ofen tatsächlich auslöschen konnten.

Dann hörte er plötzlich Eleonore schreien: „Da, Michael, da brennt es!"

Tatsächlich sah Rick jetzt ein flackerndes Leuchten aus der Hütte, welches sich im Schnee vor der Tür widerspiegelte. Michael fluchte erneut und es brach Hektik aus. Eleonore schlug mit einer Decke oder Jacke auf die Flammen, was das Feuer aber nur noch mehr anfachte.

Michael lief zur Küche und packte den Feuerlöscher. Er richtete den Schlauch auf das Feuer neben dem Ofen und drückte auf den Griff. Doch nichts passierte.

Michael fluchte wieder und warf den Löscher in die Ecke. „Wir müssen raus hier!", schrie er und machte Eleonore ein Zeichen, dass sie nach draußen gehen soll. Albert wusste in dieser Situation nicht, was er tun sollte. Ratlos stand er da, mit dem Revolver in der Hand und schaute Michael zu, wie dieser ein paar Kleider und Decken durch die Tür nach draußen warf. Eleonore drängte sich an Albert vorbei und lief hinaus.

Rick beobachtete die Szene und wusste, dass er jetzt eingreifen musste. Er richtete die Waffe auf Albert, trat in den Schein des Feuers und rief: „Waffe weg und keine Bewegung!"

Albert erschrak, wirbelte herum und schoss, ohne zu zögern. Er verfehlte Rick nur knapp und die Kugel schlug in der Hüttenwand ein. Rick schoss und traf Albert irgendwo im Oberkörper. Er wurde zurück an den Türrahmen geworfen und fiel in die Hütte.

Eleonore schrie auf. Sie blickte Rick mit aufgerissenen Augen an.

„Sofort zur Scheune!", schrie Rick Eleonore zu und tastete sich Schritt für Schritt zur Tür. Den Revolver im Anschlag, jederzeit bereit, nochmals abzudrücken.

„Rick! Hörst du mich?", hörte er Michael rufen. „Er hat mich!", ergänzte er halblaut.

Rick blickte kurz durch die Tür. Die Flammen schlugen neben dem Ofen an der Wand empor und züngelten der Decke entlang auf die andere Raumseite, wo die beiden Männer standen. Alberts linker Arm hing schlaff herunter. In der rechten Hand hielt er die Waffe und richtete diese auf Michaels Kopf.

Es war eine Frage der Zeit, bis die beiden vom Feuer eingeschlossen und eine Flucht nach draußen unmöglich war.

„Albert! Wirf deine Waffe hinaus in den Schnee und ergib dich!", rief Rick, nachdem er sich neben der Türöffnung wieder in Deckung gebracht hatte. „Ihr werdet sonst beide verbrennen!"

„Rick Dempsey! Was zum Teufel geht dich diese Sache an? Verschwinde, bevor ich Michael erschieße!", rief Albert zurück.

„Es soll niemand getötet werden, Albert! Also gib auf und kommt raus! Alle beide!", versuchte es Rick erneut.

Einen Augenblick lang dachte Rick, er hätte hinter sich etwas im Schnee knirschen gehört. Er drehte sich kurz um, konnte aber nichts sehen. Nur noch das Knacken und Knistern des Feuers war zu hören.

Er wollte gleich eine neue Aufforderung an Albert rufen, als hinter ihm jemand rief: „Waffe weg, Rick! Sofort!"

Rick erstarrte. Langsam ließ er den Revolver sinken, behielt ihn aber in der Hand. Vorsichtig drehte er sich um und sah den keuchenden Casper Wilkinson mit dem Gewehr im Anschlag und auf ihn gerichtet.

„Casper! Albert ist da drin und hält Michael als Geisel!"

Casper war sichtlich nervös. Er hatte keine Ahnung, was schon alles passiert war und war mit der angetroffenen Situation völlig überfordert. „Albert?", rief er und dieser rief zurück: „Ich bin hier! Michael hat den Schädel gestohlen. Er hat es zugegeben!"

„Das stimmt nicht!", rief Michael, „ich wollte nur Zeit schinden!"

Casper trat langsam ins Licht, bis er in die Hütte blicken konnte. Die Flinte war nicht mehr direkt auf Rick gerichtet, sondern zeigte unentschlossen in Richtung Tür. Rick ließ den Revolver nicht fallen, sondern steckte ihn zurück ins Holster. Casper sah es, reagierte aber nicht darauf. „Ein gutes Zeichen", dachte sich Rick.

„Kommt jetzt da raus!", rief Casper, „ihr werdet sonst von den Flammen eingeschlossen!"

„Das Schwein hat mich angeschossen!", schrie Albert weinerlich, „er wird mich noch ganz kalt machen, wenn ich jetzt herauskomme!"

„Er hat zuerst auf mich geschossen, Casper", sagte Rick ganz ruhig.

„Albert! Rick hat keine Waffe mehr. Komm jetzt raus und mach keinen Scheiß!", rief Casper fordernd.

Es fiel ein brennendes Regal von der Wand und vom Boden flog eine Welle von glühenden Funken hoch.

„Albert. Du wirst hier keinen verletzen! Du kommst jetzt heraus und lässt Michael in Ruhe. Wir klären das mit dem Schädel, ich verspreche es dir!"

Tatsächlich kam Bewegung in die Szene. Albert schubste Michael mit der Waffe vor sich her. Beide mussten sich bücken, um den hochschlagenden Flammen auszuweichen. Dann erreichten sie die Tür.

„Gut, Albert. Gib mir jetzt deine Waffe!", forderte Casper.

„Niemals! Zuerst gibt er mir den Schädel!", keuchte Albert, bevor er einen Hustenanfall bekam.

Die Hitze wurde unerträglich. Die Flammen schlugen bereits aus der Tür und unter das Vordach.

„Komm jetzt, Albert! Gleich fällt dir das Dach auf den Kopf!", machte Casper einen neuen Versuch.

Alberts Blicke zuckten umher. Wie ein gehetztes Tier schaute er sich um und suchte nach einer

Möglichkeit. Dann schrie er hysterisch: „Zur Scheune! Los!"

„Da drin sind Eleonore und die Kinder!", flüsterte Rick Casper zu.

„Wir gehen nicht zur Scheune, Albert!", sagte Casper ziemlich laut. Er hoffte, dass Eleonore es hören konnte und sich mit den Kindern verstecken würde.

„Es reicht! Albert!", presste nun Michael hervor. „Du weißt, dass ich den Schädel nicht habe! Hör endlich auf mit diesem Blödsinn!" Die Angst um seine Familie war grösser als die Furcht vor Albert.

„Halt den Mund, Lügner! Du versuchst nur deine Haut zu retten!", brüllte Albert und stieß Michael von der Hütte weg in Richtung Scheune. Er keuchte und von seinem hängenden Arm tropfte Blut in den Schnee.

Casper brachte sein Gewehr in den Anschlag und zielte nun direkt auf Albert. „Bleib stehen! Glaub mir, bevor du diese Scheune betrittst, werde ich dich erschießen!", sagte er ruhig.

Albert blickte verwirrt auf Caspers Waffe und blieb stehen. „Hast du dich jetzt auf die Seite der Diebe geschlagen? Es ist doch auch dein Schädel, den er gestohlen hat!"

Casper klang entschlossen: „Albert, es ist nicht richtig, was du tust! Wir werden unseren Schädel wiederkriegen. Aber nicht auf diese Weise. Gib jetzt auf und gib mir den Revolver!"

Es machte den Anschein, als wäre Albert kurz hin und hergerissen gewesen. In Rick keimte Hoffnung auf. Doch dann ging alles sehr schnell. Albert drehte Michael um, benutzte ihn als Schutzschild und drängte ihn zur Scheune. Rick und Casper folgten ihm mit zwei, drei Meter Abstand. Einen Moment lang war Rick versucht, seinen Revolver zu ziehen und Albert in den Kopf zu schießen. Doch dieser hatte die Waffe immer noch an Michaels Seite. Er konnte es nicht riskieren, wenn es noch andere Möglichkeiten gab.

„Mach das Tor auf!", brüllte Albert und drückte Michael die Waffe ins Gesicht.

„Tu es selbst!", zischte Michael und erhoffte sich dadurch, dass Albert die Waffenhand von ihm wegnehmen und für das Öffnen des Tores brauchen würde. Diesen Moment hätte er ausgenutzt und die Waffe gepackt. Doch es kam anders.

Albert zuckte kurz zusammen, senkte seine Waffe blitzschnell nach unten und schoss Michael in den Fuß. Dieser schrie auf und fiel in den Schnee. Da Albert noch stand, nutzte Rick die Situation aus, zog blitzschnell den Revolver und feuerte. Er traf Albert erneut in die linke Schulter. Er wurde zurückgeworfen, packte aber den Griff des Tores, riss es auf und ließ sich in die Scheune fallen. Die beiden Hunde bellten. Die Männer draußen mussten abwarten, was nun passierte. Langsam erschien Alberts Arm im Torspalt. Die Waffe wieder auf Michael gerichtet. „Kriech rein, Michael, oder es wird hier drin Tote geben!", presste er hervor.

Casper legte sein Gewehr an und wollte in die Hand mit dem Revolver schießen, doch Rick hielt ihn davon ab. Es war zu gefährlich. Hätte Casper ihn verfehlt, wer konnte wissen, wie Albert dann reagiert hätte.

Langsam kroch Michael in die Scheune und Albert stieß das Tor zu.

Von Eleonore und den Kindern war kein Laut zu hören. Sie verhielten sich in dieser Situation vorbildlich. Die Hunde bellten immer noch. Rick rief: „Cooper, Zeus, aus!" Sofort wurde es still.

Casper ergriff das Wort: „Albert, du bist schwer verletzt. Wir sollten uns die Wunden ansehen!"

„Beides nur Streifschüsse! Schlechter Schütze, Rick!", kam die Antwort. Rick wusste, dass der erste Schuss in der Hütte gesessen hatte. Beim Zweiten ging es sehr schnell. Gut möglich, dass er ihn nicht richtig erwischt hatte. Aber auf jeden Fall verlor er ziemlich viel Blut.

„Was ist mit deinem Fuß, Michael?", setzte Rick nach.

„Ich kann nicht hinsehen. Albert hat mir die Jacke über den Kopf gezogen. Ich kann überhaupt nichts sehen. Es tut aber höllisch weh!"

Einen Moment lang waren alle still. Dann krächzte Albert: „Ihr beiden da draußen werdet den Schädel suchen. Kommt erst wieder, wenn ihr ihn habt.

„Und wo? In der brennenden Hütte?", rief Casper und schüttelte den Kopf. Albert antwortete zuerst nicht. Wenig später hörten sie ein knappes „Mist!"

***

Hank erreichte mit den beiden Polizisten die Wilkinsonhütte. Sie stellten die Schneemobile ab und gingen zur Tür.

„Casper, Albert?", rief Hank und zog sich die dicken Handschuhe aus. Es kam keine Antwort.

„Hey, ihr Schlafmützen! Aufstehen, wir sind da!", rief er und stieß die Tür auf. Die Polizisten folgten ihm hinein. Sie merkten sofort, dass niemand da war.

Die Hütte war kalt und sie sahen Caspers Nachricht auf dem Tisch.

Hank las vor: „Hank, Albert ist durchgedreht. Hat mich niedergeschlagen. Ist zu den Mullers gefahren. Will den Schädel zurück. Bin ihm zu Fuß gefolgt. Hoffe, er macht keinen Fehler! Casper."

„So ein verdammter Mist!", rief Hank aus und warf die Nachricht auf den Tisch. Frazer schaute sich die Notiz an.

„Ist er gefährlich?", fragte er.

Hank dachte kurz nach und antwortete: „Er ist eigentlich ein guter Kerl, aber wenn er sich in etwas hineinsteigert, kann er ziemlich brutal und unberechenbar werden!"

Frazer wandte sich an Bagley und sagte entschlossen: „Die Jungs sollen sofort mit dem Hubschrauber zu den Mullers fliegen. Sie müssen auf alles gefasst sein!"

Bagley ging nach draußen und funkte nach Old Crow.

Frazer wandte sich an Hank und fragte: „Wurde der Schädel hier in der Hütte gestohlen?"

„Ja. Albert hatte die Blechkiste irgendwo hingelegt. Ich weiß aber nicht wohin."

Der Ältere schaute sich um und begann die Hütte abzusuchen.

„Chef, die sagen, dass sie nicht fliegen können. Es ist ein Schneesturm im Anzug!", rief Bagley, als er die Hütte wieder betrat.

„Nicht gut!", brummte der Ältere. „Kennst du den Weg zu den Mullers?", fragte er Bagley.

„Ist das der Deutsche mit der Grabungsparzelle neben den Wilkinsons? Der mit den Kindern?"

„Ja, genau."

„Ich werde den Weg finden."

„Gut. Du fährst hin. Ich werde mit ihm", er zeigte auf Hank, „die Hütte durchsuchen. Vielleicht ist der verdammte Schädel doch noch irgendwo hier."

„Ok. Ich nehme deine MP mit."

„Sir, bei allem Respekt, ich sollte mit ihm fahren", wandte sich Hank an Frazer. „Ich kenne Albert gut. Vielleicht kann ich ihn zur Vernunft bringen."

Der Polizist dachte kurz nach und sagte: „Ist in Ordnung. Ist es für Sie ok, wenn ich die Hütte durchsuche wenn Sie nicht anwesend sind?"

Hank stimmte zu: „Natürlich. Wir haben ja nichts zu verbergen."

Er verließ die Hütte. Bagley war bereits abfahrbereit. Hank startete sein Schneemobil ebenfalls und sie rasten davon.

***

Ron sah am Horizont den rötlichen Schein eines Feuers. „Da hol mich doch der Teufel…", brummte er und gab Gas. Je näher er kam, desto sicherer war es, dass die Hütte der Mullers im Vollbrand stand. Es konnte nichts Anderes sein.

Er lenkte sein Schneemobil am Limit zwischen den Felsen, Bäumen und Senken hindurch. Schneller ging es nicht mehr.

Rick hörte das Motorengeräusch und rannte entgegen. Er wollte, wer es auch immer sein mochte, die Person vor der Lichtung abfangen, dass nicht noch jemand in der Gefahrenzone stand. Er erreichte den Waldrand als er auch schon den Scheinwerfer sah. Er fuchtelte mit den Armen und stellte sich mitten in den Pfad.

Ron sah einen Mann herumfuchteln und bremste scharf ab. Erst jetzt erkannte er Rick. Dieser machte ihm ein Zeichen, dass er sofort den Motor abstellen soll.

Ron riss den Gesichtsschutz herunter und zischte: „Rick, was ist los? Was ist passiert?"

„Gutes Gefühl, dich hier zu haben!", antwortete Rick und erklärte mit wenigen Worten, was sich gerade abspielte.

„Ich will, dass du hier im Wald wartest. Beobachte vom Waldrand aus, was passiert. Leg dich mit dem Gewehr auf die Lauer und bleib wachsam. Ich muss zurück!", sagte er leise und rannte wieder zu Casper zurück über die Lichtung.

„Wer ist es?", fragte Casper ganz leise.

„Mein Bruder, Ron", antwortete dieser knapp. „Er hält sich zurück."

Albert rief aus der Scheune: „Ist da jemand gekommen? Ich habe einen Motor gehört! Wer ist es?"

Rick antwortete gelassen: „Ein Motor? Wirst du jetzt wahnsinnig? Du hast zuviel Blut verloren. Du halluzinierst!"

„Du lügst! Sind es die Mounties?"

„Ja klar. Eine ganze Hundertschaft! Die werden dich jetzt ausräuchern!", sagte Casper mit sarkastischem Unterton.

In der Scheune bewegte sich etwas. Dann hörten sie Albert rufen: „Ihr da oben, die Alte mit den Kindern! Kommt sofort vom Boden runter zu mir!"

Nichts regte sich. Eleonore machte das wirklich clever!

„Habt ihr nicht gehört? Ich werde durch den Boden schießen!"

Wieder keine Reaktion.

Dann knallte es zwei Mal kurz hintereinander. Rick und Casper zuckten zusammen und blickten sich an.

„Bist du wahnsinnig?", kreischte Michael laut, „wenn du meine Frau oder die Kinder verletzt, bringe ich dich um, und wenn es das Letzte ist, was ich tue!"

Rick dachte nach und flüsterte Casper ganz leise zu: „Er hat eine „.38er" Smith&Wesson, stimmt's?"

Casper nickte.

Rick ergänzte: „Ein Schuss in der Hütte, einer vor der Hütte, einer in Michaels Fuß und jetzt zwei in der Scheune. Das sind fünf. Er hat nur noch eine Patrone. Hat er Reservemunition dabei?"

„Das kann ich nicht mit Bestimmtheit sagen. Normalerweise hat er die Munition in der braunen Umhängetasche. Die hat er nicht dabei. Also möglich wäre es. Sicher bin ich aber nicht!"

„Seid ihr noch da draußen?", krächzte Albert.

„Natürlich! Wir haben ja nichts Anderes vor!", gab Casper zurück.

„Dir werden die dummen Sprüche noch vergehen!",
rief Albert.

Dann war es wieder still.

Michael saß gegenüber von Albert und lehnte sich
an einer Holzkiste an. Zeus lief aufgeregt in der
Scheune hin und her. Cooper stand, mit dem
Vorderlauf angezogen, auf einem Brett an der
Wand und beobachtete im schwachen Licht die
Männer.

Michael sah, wie sich auf dem Holzboden unterhalb
von Alberts Arm eine kleine Blutlache bildete.
Albert selbst, saß auf einem leeren Kanister und
wippte kaum sichtbar mit dem Oberkörper
rhythmisch vor und zurück.

„Wie geht es dir?", fragte Michael leise.

„Das geht dich einen feuchten Dreck an!",
antwortete Albert harsch.

„Soll ich mir die Wunde ansehen?"

„Willst du dich bei mir anbiedern, oder was?",
zischte Albert.

„Ich denke ja nur. Wenn du hier verblutest, hat
niemand etwas davon."

„Glaub mir, Michael, das Letzte, was ich tun werde, ist dir eine Kugel in den Kopf jagen. Dann ist es mir egal, ob ich hier abkratze!", murmelte Albert und fuchtelte wieder mit dem Revolver herum. „Du bist schuld an dem Ganzen!"

„Ich habe den Schädel nicht gestohlen. Ich habe ihn nicht einmal gesehen in der Hütte!", ereiferte sich Michael.

Albert senkte kurz seinen Blick und sagte: „Vielleicht werden wir das nicht mehr erfahren. Ich bin sowieso bald am Ende."

„Soweit muss es nicht kommen. Nur wir zwei sind verletzt. Du schlimmer als ich. Sonst ist noch niemand zu Schaden gekommen. Wir können das hier beenden. Jetzt gleich! Wir gehen ins Hospital und wenn wir wieder können, werden wir gemeinsam nach eurem Schädel suchen."

Albert dachte nach. Er zitterte. „Ich bin schuld, dass deine Hütte abgefackelt ist."

Michael war erstaunt, dass Albert in seinem Zustand und in der aktuellen Situation so etwas sagte. Hatte er den Zugang zu ihm gefunden? „Wenn wir wieder gesund sind und der Schädel wieder da ist, bauen wir die Hütte neu auf. Dann setzen wir uns gemeinsam vor den Ofen und lassen uns volllaufen. Wir werden zurückblicken und uns fragen, wie das heute überhaupt hat passieren können."

Albert verzog das Gesicht zu einem verkrampften Grinsen.

Durch die Ritzen in der Bretterwand schimmerte das flackernde Licht der im Vollbrand stehenden Hütte. Alberts Gesicht war aschfahl und die Augen halb geschlossen.

Michael rutschte langsam zu Albert hin. Dieser riss die Augen auf und hob den Revolver. „Was soll das?", presste er hervor.

Michael gab ihm keine Antwort. Er streckte seine Arme aus und schlug ganz langsam das Revers von Alberts Jacke zur Seite. Er ließ es geschehen. Das Hemd war blutgetränkt und die beiden Einschusslöcher waren deutlich zu sehen. Michael seufzte leise und öffnete die obersten beiden Knöpfe des Hemdes, damit er die Wunden ansehen konnte. „Die eine ist schlimm. Die andere blutet kaum", sagte er ganz ruhig. Langsam griff Michael in die Tasche seiner Jacke und zog ein sauberes Stofftaschentuch heraus.

„Wir müssen die Blutung stoppen, sonst wirst du sterben!", murmelte Michael und legte das Taschentuch auf die Wunden.

„Drück hier drauf!", sagte er zu Albert.

„Kann nicht", antwortete dieser und deutete auf die Hand mit der Waffe.

„Leg sie hin! Du brauchst sie nicht mehr!", sagte Michael und blieb weiterhin ganz ruhig. Doch Albert weigerte sich. Michael seufzte erneut, kroch etwas zur Seite, zog seine Jacke und das Hemd aus und streifte sein Unterhemd ab. Dann zog er das Hemd und die Jacke wieder an.

„Ich werde dich jetzt verbinden", sagte er leise und riss das Unterhemd in drei Streifen. Dann zog er langsam Alberts Arm aus dem Jackenärmel. Dieser biss auf die Zähne und stöhnte laut. Dann schob er das offene Hemd über die Schulter nach unten. Er faltete das Taschentuch ein weiteres Mal, drückte es gegen die blutende Wunde und begann, die Stoffstreifen um die Schulter zu binden.

„Warum tust du das?", presste Albert hervor.

„Keiner soll heute sterben", entgegnete Michael und fuhr mit dem Verbinden fort.

Michael war fertig. Das Blut hatte aufgehört zu tropfen.

„Und wie geht es deinem Fuß?", sagte Albert leise.

„Es ist auszuhalten", war die knappe Antwort.

„Jetzt hast du dein Taschentuch für mich gebraucht."

„Ist ok. Ich blute kaum."

Und wieder schwiegen die beiden.

In Michael keimte die Hoffnung auf, dass die Lage doch noch ohne weiteres Blutvergießen entschärft werden könnte.

„Da oben ist niemand!", unterbrach Albert die Stille und deutete mit dem Revolver zum Dachboden.

Michael schwieg.

„Ich hätte den Kindern nie etwas angetan", fuhr Albert fort.

Erst jetzt wurde sich Michael bewusst, dass Albert wohl recht hatte. Seit sie in der Scheune waren, hatten sie keinen Mucks und kein Geräusch von oben gehört. Waren sie rechtzeitig geflüchtet? Haben sie sich im Wald in Sicherheit gebracht? In dieser Kälte? Wenn sie nun erfrieren da draußen? Ihm zog sich der Magen zusammen.

Wieder war alles ruhig.

Rick und Casper wunderten sich, dass es plötzlich so still war. Eben noch haben sie in der Scheune noch miteinander gesprochen.

„Hey, lebt ihr noch?", war Caspers dumme Frage.

Albert kam sofort wieder in Rage: „Halt die Fresse da draußen! Ihr wartet wie die Geier, bis ich mich nicht mehr bewegen kann. Dann stürzt ihr euch auf mich und gebt mir den Rest! Ist es nicht so?"

„Quatsch!", sagte Rick knapp, „wir warten bis du vernünftig wirst. Bald wird es Abend. Es liegt ein Sturm in der Luft. Was denkst du? Wirst du die Nacht ohne Hilfe überleben? Wirst du verbluten oder erfrieren?"

„Seid still da draußen!", rief Michael.

Rick und Casper schauten sich verwundert an. Casper flüsterte: „Wir müssen still sein. Michael hat einen Plan. Er hat die Situation im Griff!"

Rick nickte und zog die Schultern hoch.

***

Hank und Bagley kamen gut voran. Langsam verschwand der schmale Lichtstreifen im Westen. Der Wind frischte auf und Schneefall setzte ein. Nachdem sie auf halbem Weg die Treibstoffkanister in die Tanks umgefüllt hatten, nahm der Polizist mit seinem älteren Kollegen per Funk Kontakt auf.

„Er ist fast fertig in der Hütte und macht sich auch bald auf den Weg!", sagte Bagley zu Hank.

„Dann sind wir ja mal gespannt!", sagte Hank und startete den Motor. Sie fuhren los. Kurz bevor sie Mullers Anwesen erreichten, drosselten sie die Motoren und fuhren wie zwei Wildkatzen im Schleichgang durch den Wald. Sie folgten letztlich den Spuren eines anderen Schneemobils, bis sie schließlich die Lichtung weiter vorne ausmachen konnten. Sie erschraken, als ihnen plötzlich Ron vor die Mobile sprang und sie wild fuchtelnd zum Anhalten zwang.

„Was soll das? Wer sind sie?", fragte Bagley.

„Ron Dempsey aus Old Crow. Ich werde sie kurz informieren, was passiert ist."

Aufmerksam hörten die beiden Ron zu. Als er keine Ergänzungen mehr hatte, sagte Bagley: „Das ist nicht gut. Es kommt ein Sturm auf. Alle, die im Freien sind, laufen Gefahr, zu erfrieren. Wir müssen etwas unternehmen!"

„Das dürfte nicht einfach werden. Albert ist mit seiner Geisel in der Scheune. Irgendwo da drin sind auch Eleonore, Michaels Frau und die beiden Kinder. Ich bitte Sie, nichts zu überstürzen!"

Bagley dachte nach und funkte seinen Kollegen an. Es ging eine Weile, bis er fertig war. Dann sagte er: „Ok. Wir halten uns im Hintergrund, bis mein Kollege eintrifft."

Die Männer legten sich hinter einen umgefallenen Baumstamm, luden die Gewehre durch und beobachteten die Szene vor der Scheune.

***

Das Drama dauerte nun schon den ganzen Tag und mittlerweile legte sich tiefe Nacht über die Lichtung. Mullers Hütte war vollständig abgebrannt. Die Flammen schlugen nicht mehr so hoch und auch vor der Scheune wurde es empfindlich kalt. Langsam aber sicher setzte starker Schneefall ein und der Wind frischte auf.

Michael war zweimal eingenickt. Albert atmete schwer, blieb aber wach.

Casper rief: „Albert? Es wird verdammt ungemütlich hier draußen! Kommt doch heraus. Beenden wir das Spektakel jetzt!"

Albert antwortete mit zittriger Stimme: „Das ist euer Problem!"

Dann fügte er an: „Ich habe die Schnauze voll!"

Es kam Bewegung in die Scheune. Albert stand unter Stöhnen auf, hielt die Waffe auf Michael gerichtet und fragte: „Hast du es getan?"

Michael verneinte.

„Verdammter Mist. Ich kratze ab!", presste Albert hervor und torkelte auf Michael zu. Dieser setzte sich auf und versuchte die Bewegungen der dunklen Gestalt nachzuvollziehen.

„Steh auf, Michael!", sagte Albert.

Michael gehorchte und zog sich am Pfosten hoch, bis er taumelnd da stand.

„Raus hier!", befahl er Michael.

„Was willst du? Was hast du vor?", fragte Michael. Doch Albert stieß blitzschnell das Tor auf.

Draußen zuckten alle zusammen. Eine so schnelle Veränderung der Situation hatten sie nicht erwartet. Im Schein der letzten hohen Flammen der abgebrannten Hütte stieß Albert Michael mit gezogener Waffe vor sich her und drängte ihn zum Schneemobil.

„Was willst du, Albert?", fragte Casper skeptisch.

„Wir hauen ab!", war die kurze Antwort.

Sie kamen beim Motorschlitten an.

Bagley wurde nervös. Er stand auf und trat mit dem Gewehr im Anschlag auf die Lichtung. „Albert Wilkinson! Bleiben Sie stehen und werfen Sie die Waffe weg!"

„Oh Gott", dachte sich Ron und kletterte ebenfalls über den Baumstamm und zeigte sich. Dicht gefolgt von Hank.

„Albert!", rief Hank, „lass den Mist! Sei vernünftig und gib auf!"

„Hey Hank. Hast du den Weg auch gefunden? Hast du den Schädel mitgebracht?", rief Albert.

„Nein Kumpel. Ich habe ihn nicht. Das ist aber nicht der Weltuntergang. Gib jetzt auf. Lass den Blödsinn!"

Rick hielt sich zurück. Bagley flüsterte leise: „Ich werde ihm jetzt genau in den Kopf schießen! Halten Sie sich bereit!"

„Nein!" zischte Rick, „bitte noch nicht!" Bagley zögerte und ließ das Gewehr wieder sinken.

Albert befahl Michael, das Schneemobil zu starten. Als der Motor lief rief er: „Ich werde immer wieder zurückblicken. Wenn ich den Scheinwerfer eines Schneemobils sehe oder einen Motor höre, schieße ich Michael eine Kugel in den Schädel! Also lasst uns ziehen!"

Bagley legte an und wollte einen Rettungsschuss abfeuern. Doch Rick rief: „Nein! Nicht! Er wird nicht weit kommen!"

Der Polizist senkte die Waffe erneut und schaute ratlos zu Rick.

Die beiden Männer setzten sich auf das Fahrzeug. Michael musste fahren.

„Los!", schrie Albert und das Mobil raste von der Lichtung und verschwand auf dem Pfad in Richtung Norden.

„Verdammter Mist!", fluchte Bagley.

Die Männer versammelten sich alle vor der Scheune. Rick ergriff das Wort: „Wir haben ein weiteres Problem. Eleonore und die Kinder haben sich irgendwo da draußen versteckt!"

Ron rief laut in den Wald: „Eleonore! Peter! Rosie! Wo seid Ihr? Kommt zurück. Albert ist weg und hat Michael mitgenommen!"

Nichts rührte sich. Die Männer lauschten. Ruhe!

Dann kam Rick in den Sinn, was er den Kindern in der Scheune gesagt hatte und rief: „Ich bin es, Rick! Kommt jetzt hierher zurück!"

Kaum hatte er seinen Ruf abgesetzt, öffnete sich quietschend das Türchen zur Vorratshütte und sie hörten Eleonore sagen: „Endlich! Wir sind schon fast erfroren!"

Rick schaltete seine Stirnlampe ein und leuchtete zur Hütte auf den hohen Stelzen. Die Leiter lag im Schnee. Sofort eilte er hin und stellte die Leiter an. Langsam und zitternd vor Kälte kamen zuerst Rosie, dann Peter und zum Schluss Eleonore über die Leiter herunter. Rick rannte in die Scheune und holte die dicke Felldecke vom Schlitten. Er deckte die schlotternden Menschen zu und führte sie zur abgebrannten Hütte. „Das habt ihr gut gemacht!", sagte Rick und rubbelte die Rücken der beiden Kinder.

„Jetzt müssen wir nur noch Michael finden...", stotterte Eleonore und rieb die Hände über der Glut.

Bagley funkte seinem Kollegen und berichtete, was sich zugetragen hatte. „Er wird gleich hier eintreffen", sagte er zu den anderen und holte die Landkarte aus der Tasche an seinem Schneemobil.

„Ron", sagte Rick, „können wir zusammen auf deinem Mobil die Verfolgung aufnehmen?"

Bevor Ron antworten konnte, unterbrach Bagley: „Wir werden noch warten, bis mein Chef hier eintrifft. Wir werden nicht überstürzt handeln. Die beiden Männer haben keine Handschuhe und dieser Michael hat nur die dünne Jacke und die Hüttenstiefel an. Die werden nicht weit kommen. Sie müssen längstens alle zehn Minuten pausieren, um sich aufzuwärmen. Wir holen sie sicher ein."

„Der Schnee verwischt aber ihre Spuren!", schaltete sich Hank ein.

„Sie haben recht, aber meiner Meinung nach können sie nur an zwei Orte wollen. Auf die Grabungsparzelle der Mullers oder zu derjenigen der Wilkinsons. Sonst fänden sie hier weit und breit keinen Unterschlupf! Für mich hat erste Priorität, dass die Frau und die Kinder irgendwo an die Wärme kommen."

Eigentlich hatte Bagley recht, doch es fiel den Männern schwer, einfach nichts zu tun und zu warten.

***

„Meine Hände! Ich spür meine Finger nicht mehr!", rief Michael am ganzen Körper zitternd.

„Weiter! Fahr einfach weiter, bis zu deiner Grabungsparzelle!", schrie ihm Albert in die Ohren.

„Das schaff ich nicht mehr!", sagte Michael und der Motorschlitten verlangsamte.

„Was ist los! Fahr schon weiter!", brüllte Albert.

„Ich kann nicht mehr Gas geben. Ich spüre nichts mehr!"

„Verdammter Mist!", krächzte Albert, stieg ab und sagte: „Öffne die Motorhaube!"

Michael schaltete den Motor aus. Es dauerte eine ganze Weile, bis er die beiden Verschlüsse links und rechts aufreißen konnte. Ihnen stieg warme Luft entgegen und Michael hielt sofort seine Hände über den heißen Motor.

Alberts Hand mit der Waffe zitterte.

„Wir werden hier draußen sterben. Jämmerlich erfrieren", stotterte Michael. Albert schwieg. Nur sein schwerer Atem war zu hören.

Er horchte immer wieder auf und blickte zurück. Es war weder etwas zu sehen noch zu hören.

„Wo willst du hin?", fragte Michael.

„Zu deinem Grabungsabschnitt. Andere Möglichkeiten gibt es im Moment nicht. Wir brauchen warme Kleider und Handschuhe!"

„Ist nichts mehr da. Ich habe alles in unsere Hütte gebracht."

„Wir werden sehen!", war die trockene Antwort.

**

Bagley kam vom Funkgerät zurück. „Er wird gleich hier sein. Er hat Verstärkung für die Suche angefordert, wird aber keine erhalten. In Eagle Planes hat es zwei Tote gegeben. Die brauchen unsere Leute dort!"

Kaum war er fertig, hörten sie entferntes Motorengeräusch. Alle blickten zum Waldrand. Es dauerte kaum eine Minute, bis das Licht des Scheinwerfers ein erstes Mal durch die Bäume tanzte. Eine weitere Minute später fuhr Frazer auf die Lichtung und hielt direkt vor den Leuten an.

„Guten Abend, die Herrschaften. Ist die Situation unverändert?"

Sein jüngerer Kollege sagte: „Wir müssen uns beeilen! Der Schneefall wird stärker. Wir finden bald die Spuren nicht mehr!"

„Ich weiß. Aber vorher habe ich noch eine Überraschung." Er zog die dicken Handschuhe aus und öffnete die große Kunststoffkiste auf dem Gepäckträger. Langsam griff er hinein, nahm eine Blechkiste heraus und legte sie auf die gepolsterte Sitzbank. „Ich wollte die Hütte der Wilkinsons gerade verlassen, als ich mit dem Bein eine grüne Plane von der Bank streifte. Sie fiel zu Boden und darunter fand ich das!"

Rick leuchtete mit der Stirnlampe. „Hol mich der Teufel…!", platzte Hank heraus und griff nach der silbrigen Blechkiste. „Unser Schädel! Meine Güte, alles umsonst. Das ganze Drama!"

„Sie lag auf der Bank und vermutlich hat jemand die grüne Plane daraufgelegt."

„Das war Michael!", sagte Rick. „Er hat erzählt, dass er die grüne Plane den Wilkinsons zurückgebracht habe. Da niemand in der Hütte war, habe er sie zusammengefaltet und auf die Holzbank gelegt. In der dunklen Hütte hat er die Kiste sicher gar nicht gesehen."

Betretenes Schweigen.

Dann presste Eleonore hervor: „Ich wusste es. Michael ist kein Dieb! Aber leider weiß es Albert nicht."

Nachdem sich Rick, Ron und Casper auch noch Frazer vorgestellt hatten, begann dieser zu organisieren.

„Da der Schädel nie gestohlen wurde, hat Michael Muller keine Straftat begangen. Albert Wilkinson hatte also nicht das Recht, den Schädel mit Gewalt einzufordern! Wir haben jetzt eine Geiselnahme. Sowohl Täter als auch Opfer sind verletzt und unzureichend ausgerüstet. Das heißt, wir müssen sie nun rasch finden und das Ganze zu einem guten Ende bringen, bevor die beiden steifgefroren auf dem Schneemobil in einen Baum rasen!"

Er faltete die Karte auseinander und sagte entschlossen und mit einer Autorität, welche keinen Widerspruch duldete: „Sie, Casper Wilkinson, bringen nun die Frau und die beiden Kinder zu Ihnen in die Hütte. Sie haben das Schneemobil mit der größten Sitzbank. Dort geben sie ihnen warme Decken und zu Essen. Sie drei", und er zeigte auf Hank, Rick und Ron, „folgen meinem Kollegen und mir mit den Motorschlitten. Haltet Abstand. Sollte es zu einer Konfrontation mit Albert kommen, halten sie sich zurück! Sie greifen nur dann ein, wenn wir beide auf Notwehrhilfe angewiesen sind. Sonst nicht! Haben sie verstanden?"

Die drei nickten.

„Gut! Dann bringen sie jetzt ihre Hunde wieder in die Scheune, machen ihnen einen warmen Unterschlupf und geben ihnen zu essen und zu trinken. Sie können sie dann später abholen. Danach prüfen sie noch die Tanks an ihren Mobilen und dann fahren wir los. Ohne Licht! Ich habe ein Nachtsichtgerät. Folgt mir einfach in der Spur. Diese müsstet ihr sehen können."

Dann wandte er sich der Karte zu und fragte Hank: „Die Grabungsparzellen liegen hier, oder?" Er zeigte mit dem Finger auf einen bestimmten Punkt. „Ja, Sir, etwas links die von den Mullers und rechts vor dem Wald ist unsere."

Frazer nickte und sagte dann zu Rick: „…Und über Ihren Revolver reden wir, wenn das alles vorbei ist!"

Rick sagte kein Wort.

Rick brachte die Hunde in die Scheune zurück, baute ihnen aus Holzbrettern und alten Jutesäcken eine Art Höhle, wo sich ihre Körperwärme etwas speichern konnte. Er verabschiedete sich, nachdem er ihnen in einem alten Blechtopf etwas Wasser aus seiner Flasche gab und ein paar gefrorene Lachsseiten. Dann prüften sie die Tanks, füllten noch Treibstoff nach und fuhren los.

***

Michaels Finger drohten zu platzen. Er hat die Strümpfe ausgezogen und sich über die Hände gestülpt. Doch für den rechten Daumen musste er ein Loch hineinreißen, damit er den Gashebel bedienen konnte. Es fühlte sich ein klein wenig besser an als zuvor. Der eine Strumpf war aber nass vom Blut seines durchschossenen Fußes und isolierte kaum. Dafür kühlten seine Füße umso schneller aus.

Alle paar hundert Meter wiederholte sich das Schauspiel. Motor abstellen, Motorhaube öffnen, Hände wärmen, Blick zurück und dann weiterfahren. Auf diese Weise kamen sie kaum voran.

Michael zitterte am ganzen Körper. Er konnte sich kaum mehr auf der Sitzbank halten, geschweige denn gut lenken.

„Ich kann nicht mehr, Albert. Es geht einfach nicht mehr!", stöhnte er und hielt an.

Albert fluchte, überlegte kurz und sagte dann: „Setz dich hinten drauf, nimm deine Hände in die Jackentaschen und halt dich still!" Dann steckte er seinen Revolver in die Jacke und rutschte nach vorne auf den Platz des Fahrers. Sie fuhren wieder los. Er konnte nur den Lenker und den Gashebel bedienen. Da sein linker Arm herunterhing, konnte er nicht bremsen. Mit dieser Wendung hatte Michael nicht gerechnet. Er hätte jetzt eine Chance gegen Albert gehabt. Er hatte zwei gesunde Arme und hätte ihn von hinten um den Hals packen und würgen können. Trotzdem hätte Albert noch die Chance gehabt, mit der gesunden Hand seinen Revolver aus der Jacke zu ziehen und auf Michael zu schießen. Sollte er es riskieren? Wollte er Albert überhaupt töten? Könnte er es überhaupt tun?

Er war hin- und hergerissen. Plötzlich rief Albert: „Denk nicht mal dran! Ich bin auch mit einem Arm stärker als du! Ich werde keine Sekunde zögern und dich erschießen!"

Er beschleunigte noch stärker und raste zwischen den Bäumen hindurch.

„Willst du uns beide umbringen? Du hast keine Bremse!", rief Michael, doch Albert zeigte keine Reaktion.

Michael hatte Angst und suchte nach Auswegen. Könnte er Albert vielleicht kurz vor der Vorbeifahrt an einem Baum zur Seite stoßen, damit er mit seinem Kopf am Baum aufschlägt? Würde er tatsächlich herunterfallen? Wenn er sich mit dem Fuß bei den Fußrasten verkeilen könnte, würde das ganze Schneemobil nach rechts gezogen und sie würden gemeinsam in den Baum prallen. Dann wäre vielleicht auch er selber tot oder schwer verletzt!

Er brachte es nicht fertig und versuchte stattdessen seine Finger in den Jackentaschen zu bewegen.

Sie passierten eine Lichtung und schlugen dann den Pfad Richtung Anhöhe ein. Von dort oben waren es nur noch ein paar Minuten bis zur Grabungsparzelle. Doch jetzt war es Albert, der seine Finger nicht mehr spürte. Die Lenkergriffheizung nützte wohl etwas aber lediglich an den Handflächen. Er nahm Gas weg und das Schneemobil verlangsamte bis zum Stillstand. Wieder öffneten sie die Haube und wärmten die Hände auf. Und wieder hielt es nur ein paar Minuten warm. Dann fuhr Michael wieder ein Stück und Albert hockte hinten.

Langsam wurde beiden klar, dass sie in dieser Situation plötzlich aufeinander angewiesen waren. Hätte Albert Michael hier gehen lassen, wäre Michael erfroren und Albert hätte nie erfahren, wo der Schädel war. Hätte Michael einen Zweikampf gegen Albert gewonnen und ihn getötet, hätte auch er selber dabei verletzt werden können. Also wären auch beide gestorben.

Schließlich fuhren sie am Grabungsabschnitt der Wilkinsons vorbei und erreichten Michaels Parzelle. Da er die Schlüssel für die Baracke nicht bei sich hatte, wies ihn Albert an, die Türe einzutreten. Doch das schaffte Michael mit seinem verletzten Fuß nicht. Schließlich nahmen sie eine dicke Eisenstange und brachen die Tür gemeinsam auf.

Der Schneefall wurde viel stärker. Bereits nach ein paar Minuten waren die Spuren fast nicht mehr zu sehen.

Albert nahm eine Taschenlampe aus der Jacke. Sie betraten die kalte Baracke und drückten die Tür wieder zu. Beide begannen emsig zu suchen. Albert nach dem Schädel und Michael nach Dingen, mit denen er Füße, Hände und Oberkörper einwickeln konnte.

„Du kannst aufhören zu suchen", sagte Michael, „du wirst den Schädel nicht finden, weil ich ihn nie gestohlen habe!"

Doch Albert ließ sich nicht beirren und suchte weiter.

Michael hatte ein paar Stofflappen, Jutesäcke und eine alte Decke gefunden. Er packte sich damit ein und setzte sich auf eine Holzkiste. Langsam zog er den linken Stiefel aus und betrachtete die Einschusswunde. Sie brannte und er fühlte den Herzschlag darin.

Albert leuchtete kurz mit seiner Lampe auf die Wunde und sagte: „Sieht nicht gut aus. Entzündet sich!"

Michael erhob sich und humpelte zu einem Schrank. Ihm kam in den Sinn, dass er dort noch eine halb leere Schnapsflasche aufbewahrte. Er schraubte den Deckel ab und humpelte zur Holzkiste zurück.

„Bist du sicher?", fragte Albert mit einem breiten Grinsen.

Michael biss die Zähne zusammen und leerte eine rechte Portion Schnaps über die Wunde. Im ersten Moment spürte er lediglich, dass der Fuß noch kälter wurde. Doch dann explodierten seine Sinne! Er schrie auf, schlug sich mit den Fäusten auf die Oberschenkel und versuchte die Tränen zurück zu halten. Es ging eine Weile, bis der Schwindel und der Brechreiz nachließen. Dann wickelte er den Fuß in einen Stofflappen und zog den Stiefel wieder an.

„Jetzt du!", sagte er trocken und machte Albert eine auffordernde Handbewegung.

„Niemals! Ich bin doch nicht bescheuert!", wehrte dieser ab. Michael zuckte mit den Schultern, betrachtete die Flasche und nahm einen gehörigen Schluck. Er wusste genau, dass es ein unverzeihbarer Fehler war, mit Unterkühlung unter diesen Bedingungen Alkohol zu trinken. Lautlos verschloss er die Flasche wieder und stellte sie auf den Boden.

„Das kann dich das Leben kosten!", murmelte Albert.

„Wäre das denn so schlimm für dich?", fragte Michael zurück. „Du hast meine Hütte abgefackelt, meine Familie traumatisiert und in meinen Fuß geschossen. Zudem hältst du mich als Geisel fest und ich bin unterkühlt. Wenn nicht bald etwas passiert, werde ich sowieso sterben! Und alles ist deine Schuld!"

Albert schwieg.

***

Sie konnten die Spuren kaum mehr sehen. Sogar Frazer mit dem Nachtsichtgerät musste zwei Mal anhalten und sich orientieren. Als die anderen aufgeschlossen hatten, stellten alle den Motor ab und traten zusammen. Leise sagte Hank: „Es ist gleich da vorne. Noch etwa dreihundert Meter. Wäre es nicht besser, den Rest zu Fuß im Dunkeln zu gehen, damit uns Albert nicht kommen hört?"

Frazer nickte und holte das Gewehr von seinem Schneemobil. Sie stapften durch den Schnee, welcher bereits kniehoch lag. Eigentlich folgten sie dem Polizisten blind. Sie konnten rein gar nichts sehen. Es war stockdunkel und der aufkommende Wind blies ihnen die Schneeflocken ins Gesicht. Plötzlich hielt Frazer an. Alle hinter ihm prallten aufeinander, bis sie schließlich zum Stehen kamen.

„Da ist der Container. Hank, haben sie den Schlüssel dabei?", flüsterte er und bat Hank, Rick und Ron hier zu warten. Hank kramte den Schlüssel aus der Tasche und gab ihn dem Polizisten.

Langsam und vorsichtig schlichen die beiden in Richtung Container.

***

Casper brachte Eleonore und die Kinder sicher zur Hütte der Wilkinsons. Rasch öffnete er die Tür und machte sich sofort daran, den Ofen in Gang zu setzen. Die Kinder drängten sich zähneklappernd an die Ofenwand, welche ziemlich rasch warm wurde. Eleonore zündete zwei Petrollampen an und ging dann in der Hütte auf und ab. Auch sie schlotterte.

Casper ging nach hinten zum Schlafraum, zerrte die Felldecken weg und entfernte die Leinenbezüge. Hastig warf er sie in eine Ecke und nahm saubere aus dem grobschlächtig gezimmerten Holzschrank. Er bezog die Matratzen neu. Dann sagte er: „Los, schlüpft hinein und deckt euch zu! Ich mache eine warme Suppe."

Alle drei krochen ins gleiche Bett und deckten sich mit zwei Felldecken zu. Casper legte Holz nach und brachte das Ofenrohr zum Glühen.

„Es wird bald warm hier", murmelte er, während er eine Pfanne mit Eisbrocken auf den Ofen stellte.

Ihn plagte das schlechte Gewissen. War es doch sein Partner, welcher das ganze Drama verschuldete.

„Es tut mir wirklich leid, was da alles passiert!", sagte er in Richtung Schlafraum.

„Mach dir kein Kopf, Casper. Du hast die Situation richtig eingeschätzt und dich auf unsere Seite gestellt. Das war großartig von dir. Jetzt müssen sie nur noch Michael finden. Lebend!"

„Ich bete zu Gott, dass es so kommt!", rief Casper aus und blickte nach oben. „Aber ihr seid ja auch schon genug lange hier draußen, dass ihr wisst, wie schwierig das ist. Vor allem bei dem Schneesturm, der da draußen tobt."

„Wohin hat er Michael wohl gebracht?", fragte Eleonore halblaut zu sich selber.

„Ich denke, dass sie zuerst zu den Grabungsparzellen gefahren sind. Dort werden sie von den anderen aufgespürt. Wenn nicht, wüsste ich nicht, wie die beiden da draußen überleben könnten."

Eleonore lief eine Träne über die Wange, sie ließ sich jedoch nichts anmerken.

Mittlerweile kochte das Wasser auf dem Herd und Casper schüttete zwei Suppenbeutel hinein. Dann ging er zum Tisch, legte vier Teller und Löffel auf und schnitt ein paar Scheiben dunkles Brot ab.

Eleonore spürte seit vielen Stunden wieder erstmals ihren ganzen Körper. Sie spürte Wärme und tastete die Kinder ab. Auch sie strahlten Wärme ab, was ein gutes Zeichen war. Sie fühlte sich sicher.

Casper schnitt noch etwas Karibufett ab und gab es in die Pfanne. Dann rührte er nochmals alles kräftig durch und probierte. Er war zufrieden und rief: „Kommt zu Tisch, die Suppe ist fertig!" Nichts rührte sich. Er rief nochmals aber alles blieb ruhig. Langsam schlich er in den Schlafraum und schaute nach. Er sah nur die drei rotwangigen Gesichter zwischen den dicken Decken und den Kissen. Die drei schliefen tief und fest. Casper hörte das gleichmäßige Atmen. Er legte ganz sanft die Hand auf die Felldecken. Er spürte keinerlei Zittern, also hatten sie warm. „Gut so! Ihr habt es euch verdient!", dachte er sich. Er betrachtete die drei Gesichter lange.

Er hatte sich immer eine gute Frau und Kinder gewünscht. Keine jedoch wollte mit ihm das Leben hier draußen teilen.

„Selber schuld. Die Fossilien waren dir immer wichtiger!", murmelte er ganz leise und verließ den Schlafraum.

Nachdenklich setzte er sich auf den kleinen Schemel. „Ich bin wirklich selber schuld. Ich will das ändern. Ich werde heiraten! Die erste, die gut ist und mich auch will. Ich werde das alles hier aufgeben, wenn ich dafür eine eigene Familie haben kann. Alles!" flüsterte er leise vor sich hin und biss sich auf die Unterlippe. Noch einmal betrachtete er die drei friedlichen Gesichter. Ihm wurde warm ums Herz.

Wenig später probierte er nochmals die Suppe und entschied, seine Portion gleich zu essen. Danach stellte er die Pfanne in der Nähe des Ofens warm, legte nochmals Holz nach und setzte sich in den alten Fauteuil in der Ecke. Er schaute nochmals zur Tür und stellte sein Gewehr neben sich an die Wand. Die wohlige Wärme des Ofens drang bis zu ihm und es dauerte nicht lange, bis auch er einnickte.

***

Die beiden Polizisten hatten den Container erreicht. Sie umrundeten ihn mit gezogenen Waffen. Sie konnten aber nichts hören und nichts sehen. Auch Alberts Schneemobil stand nirgendwo. Frazer kontrollierte das Schloss. Hier wurde seit Beginn des Schneefalls nicht mehr geöffnet. Also zog er den Schlüssel aus der Tasche und schloss auf. Unter lautem Quietschen öffnete er die Tür zum umgebauten Schiffscontainer. Er schaute zuerst mit dem Nachtsichtgerät hinein und leuchtete dann alles mit der Handlampe aus. Nichts! Sie sind und waren nicht hier! Sie schlossen die Tür wieder ab und liefen zu den anderen zurück.

„Sie sind nicht hier! Wir müssen zur anderen Grabungsparzelle!", sagte Frazer und startete den Motor. Die anderen folgten seinem Beispiel.

Der Wind entwickelte sich zu einem Sturm. Wieder fuhren sie fast blind hinter den Polizisten her.

***

Plötzlich schoss Albert auf. „Los, wir müssen weiter. Wir fahren auf unseren Grabungsabschnitt!"

Ohne Widerworte rappelte sich Michael auf, wickelte die Stofflappen um seine Hände und die Jutesäcke um seinen Körper.

Als sie die Baracke verließen, schlug ihnen der Sturm voll entgegen. In der kurzen Zeit hatte sich auf dem Schneemobil eine Neuschneeschicht von etwa zwanzig Zentimetern gebildet. Sie wischten den Schnee weg, starteten den Motor und Albert setzte sich nach vorn. Er gab Gas und steuerte den kleinen Wald an.

„Falsche Richtung!", rief Michael.

„Ich weiß. Wir fahren südlich um den Wald herum und von der anderen Seite her zu unserem Abschnitt. Sonst sehen sie die frischen Spuren!"

Das hatte Logik, erfreute Michael aber gar nicht. Insgeheim hatte er gehofft, dass sie unvermittelt auf die anderen treffen würden und dass Albert dann aufgeben würde.

Albert und Michael erreichten den Container der Wilkinsons wenige Minuten später. Sie fanden auch die letzten noch sichtbaren Spuren der anderen. Es war klar, dass sie hier waren. Albert steuerte das Mobil hinter den Container, zerrte eine Plane unter dem Vordach hervor und deckte das Fahrzeug zu.

„Die waren schon hier. Habe ich es mir doch gedacht! Ich wusste schon, warum ich den Weg untenherum gewählt habe!", triumphierte Albert.

Michaels Hoffnungen schwanden. Die anderen waren jetzt bestimmt auf seiner Grabungsparzelle und würden die eingetretene Tür vorfinden. Sie mussten davon ausgehen, dass Albert mit ihm das Weite gesucht hatte. Hierher würden sie nicht mehr zurückkehren. Das wäre nicht logisch! Diese Tatsache wurde auch Albert klar.

„Gut! Wir werden hier eine Weile bleiben können. Wir werden etwas schlafen und dann weitersehen", murmelte er und begann Decken, Planen, Putzlappen und dergleichen aus den Kästen zu zerren.

„Albert, ich kann nicht mehr! Ich fühle mich eiskalt, mein Fuß schmerzt wie die Hölle, ich habe Hunger, Durst und bin erschöpft! Lass uns zu eurer Hütte fahren. Wir können uns dort aufwärmen, etwas essen, die Wunden versorgen und in Ruhe überlegen, wie es weitergehen soll."

„Geht nicht!", sagte er knapp und legte sich sein Schlafplatz zurecht.

„Warum nicht?"

„Zu weit weg!"

„Was soll das heißen? Wir wären in weniger als einer Stunde dort!"

„Kein Benzin mehr!", raunte Albert.

„Was?"

„Ja, kein Benzin mehr. Der Tank ist fast leer. Reicht vielleicht noch für eine halbe Stunde."

Michael musste sich fast übergeben. „Na dann sind wir ja endgültig am Arsch!", zischte er und schlug mit der Faust auf ein leeres Ölfass, dass es dröhnte.

„Lass den Mist! Das hört man meilenweit!"

„Bei dem Sturm?"

„Halt jetzt einfach die Fresse, leg dich hin und schlaf!", schrie ihn Albert an.

„Ach, und dann? Ist morgen früh der Tank wieder voll oder was?"

Albert schwieg. Er wusste genau, was das zu bedeuten hatte. Sie würden mit ziemlicher Sicherheit hier draußen sterben.

Michael legte sich in der gegenüberliegenden Ecke hin und versuchte sich in seine Decke einzurollen. Er lag wach, schlotterte und dachte nach. Es musste ihm irgendwie gelingen, die anderen auf sich aufmerksam zu machen. Aber wie und womit? Er fand keine Lösung.

Da Albert seine Taschenlampe gelöscht hatte, war es im Container stockdunkel. Michael verspürte eigenartige Gefühle. Eine gewisse Gleichgültigkeit. So musste sich der Tod anfühlen. Dunkel, kalt, einsam!

Irgendwann nickte er trotz der Kälte ein. Doch nicht für lange. Er erwachte aufgrund eines Geräusches, konnte es aber anfänglich nicht einordnen. Er lauschte. Sprach da jemand? Da flüstert doch jemand! Blitzartig setzte er sich auf, zog die Stofflappen um seinen Kopf von den Ohren weg und horchte erneut. Es kam aus der Richtung, wo sich Albert zum Schlafen hingelegt hatte.

„Albert?", flüsterte Michael, „bist du das?"

Einen Moment lang war es totenstill.

Dann hörte er es erneut. Es war Albert, der im Schlaf flüsterte. Es war kein einziges Wort zu verstehen. Nun drehte er sich unruhig auf seinem Lager hin und her.

„Albert?", fragte Michael erneut, „was ist denn los?"

Keine Antwort.

Langsam kroch Michael im Dunkeln quer durch den Container, stieß unterwegs an diverse Gegenstände und erreichte schließlich Albert. Jetzt hörte er das wirre Geflüster deutlich vor sich.

Albert fantasierte wirres Zeug und bewegte sich ruhelos. Michael schossen Gedanken durch den Kopf. Sollte er Albert den Revolver wegnehmen? Er wusste ja, in welcher Tasche er steckte. Würde Albert dabei erwachen, würde er ihn sicher sofort erschießen. Doch Michael sah es als seine letzte Chance. Doch er zögerte. Könnte er den schlafenden Albert einfach erschießen? Denn das müsste er. Er brauchte die warmen Stiefel und die Jacke. Dann würde er mit dem Schneemobil in Richtung Wilkinsonhütte fahren, soweit der Tank reichte und den Rest zu Fuß gehen. Vielleicht könnte er es schaffen!

Langsam tastete sich Michael vor. Er spürte Alberts Beine unter der Plane, dann den Bauch. Langsam zog er die Plane weg und schob seine Hand in Alberts Jacke. Michael spürte das kalte Metall des Revolvers, griff nach ihm und zog ihn langsam heraus. Er spürte aber auch, dass Alberts Körper glühte. Er hatte hohes Fieber und fantasierte deshalb wirres Zeug. Michael steckte die Waffe in seinen Hosenbund und schob seine Hand langsam in die Außentasche von Alberts Jacke. Er wollte auch den Schlüssel für das Schneemobil und die Taschenlampe.

***

In der Nähe der Baracke des Muller-Abschnitts hielten sie an. Die beiden Polizisten gingen das letzte Stück zu Fuß. Vorsichtig schlichen sie zur Tür. Sie stand eine Hand breit offen. Frazer stieß die Tür mit gezogener Waffe ganz auf und leuchtete sofort das Innere der Baracke aus. Zu zweit betraten sie den Raum und schauten sich um.

„Sie waren hier! Muss aber schon eine ganze Weile her sein", murmelte der ältere. Dann zogen sie die Tür wieder zu und gingen zurück zu den anderen.

„Sie waren hier! Vor einer ganzen Weile. Wo könnten sie hingegangen sein?"

Die Männer überlegten, bis Rick sagte: „Für mich gibt es nur zwei vernünftige Möglichkeiten. Weiter nördlich zum Schweden, etwa zwei Fahrstunden entfernt, oder…", er stockte, „zurück zur Hütte der Wilkinsons!"

„Großer Gott", platzte Bagley heraus.

Alle waren sich schlagartig bewusst, was diese Möglichkeit bedeutete. Eleonore und die Kinder waren dort mit Casper hingefahren.

Frazer seufzte laut, hielt kurz inne und sagte dann: „Du fährst jetzt sofort zusammen mit Hank Wilkinson zu deren Hütte. Beeilt euch! Fahrt wie die Teufel!"

Ohne zu zögern rannten die beiden zu ihren Schneemobilen, setzten sich drauf und brausten auch schon davon.

„Wir drei fahren hoch zum Schweden!", sagte er knapp und deutete Rick und Ron an, ihm zu folgen.

Ohne lange zu überlegen, starteten sie die Fahrzeuge und folgten dem Polizisten.

***

Die Tasche war leer. Also beugte er sich über Albert, um zur anderen Jackentasche zu gelangen. In diesem Moment zuckte Albert zusammen und fing an, mit seinem gesunden Arm wild um sich zu schlagen.

Michael hatte die Waffe gepackt, zuckte zurück und verhielt sich absolut still. Er hielt die Luft an. Er hörte, wie Albert mit seiner Hand nach der Jackentasche suchte und darin herum nestelte. Sein Atem ging schwer. Plötzlich leuchtete die Taschenlampe auf, direkt in Michaels Gesicht.

Wie gebannt starrten sich die beiden Männer ins Gesicht. Einen Augenblick verharrten sie regungslos und mit aufgerissenen Augen. Dann ließ Albert die Taschenlampe fallen und griff blitzschnell in seiner Jacke nach dem Revolver. Er griff ins Leere und Michael schnellte zurück.

„Albert!", rief er und kroch noch weiter von Albert weg. „Ich habe deine Waffe! Es ist aus!"

„Verdammter Mist!", presste Albert hervor und sackte in sich zusammen.

„Du hast hohes Fieber. Die Wunde hat sich sicher entzündet!", sagte Michael ganz ruhig.

„Albert verzerrte das Gesicht und versuchte sich aufzurappeln. Nach dem zweiten Versuch sackte er zurück auf das Lager. „Ich bin fertig, Michael. Ich werde hier draußen verrecken!", stöhnte er.

Michael schwieg. Er wusste, wenn der Mann nicht innert vierundzwanzig Stunden ärztliche Hilfe bekam, musste er sterben.

„Warum erschießt du mich nicht gleich? Es ist noch eine Kugel in der Trommel!"

„Ich werde dich nicht erschießen, Albert. Ich werde Hilfe holen!"

Albert grinste. Der kalte Schweiß in seinem Gesicht verlieh ihm ein fratzenhaftes Aussehen. „Du wirst es nicht schaffen! Du kommst nicht mehr weit mit dem Schneemobil."

„Ich werde es schaffen! Mit deiner Hilfe!", antwortete Michael.

„Mit meiner Hilfe?", krächzte Albert und grinste erneut. „Warum sollte ich dir helfen und vor allem wie?"

„Ich brauche deine Stiefel und deine Jacke. Dann kann ich den Rest zu Fuß gehen."

„Dann kannst du mich gleich erschießen!", murmelte Albert.

„Es ist die einzige Chance, die wir haben. Zusammen schaffen wir es nicht! Wir würden beide sterben!"

Albert wurde von einem Fieberkrampf geschüttelt. Als dieser vorbei war, hockte er mit gesenktem Blick da, wie ein Haufen Elend. Nach einiger Zeit fragte er: „Wenn ich schon sterbe, kannst du mir auch die Wahrheit sagen. Hast du den Schädel? Sei ganz ehrlich, bitte!"

Er klang fast weinerlich. Michael empfand Mitleid mit ihm, obschon er ihn in diese fast ausweglose Situation gebracht hatte.

„Albert, glaube mir, ich hatte den Schädel nie!"

Albert dachte nach und sagte dann: „Schwöre es bei der Seele deiner Kinder!"

„Ich schwöre es bei der Seele meiner Kinder. Ich hatte den Schädel nie!", antwortete Michael ohne zu zögern.

Albert zögerte und sagte dann: „Es tut mir leid, Michael. Ich…"

„Ist schon gut. Es ist vorbei. Jetzt gilt es nur noch zu überleben!"

Albert nestelte in seiner Jackentasche herum und zog den Zündschlüssel hervor. Michael nahm in ab und rappelte sich hoch. Albert zog umständlich und mit schmerzverzerrtem Gesicht seine Jacke aus und warf sie Michael vor die Füße. „Kannst du mir die Stiefel ausziehen?", presste er hervor, „ich schaffe es nicht mehr!"

Michael war immer noch misstrauisch und zog Albert die Stiefel so aus, dass er ihn nicht hätte treten können. Albert grinste verkrampft.

Michael suchte im Container alles zusammen, was gegen die Kälte schützte und deckte Albert damit zu. Er fand eine Kerze samt Streichhölzern, zündete den Docht an und stellte sie in Alberts Nähe.

„Den Revolver und die Taschenlampe nehme ich mit. Halte durch, Albert! Wenn ich es schaffe, werde ich Hilfe schicken. Wenn ich unterwegs vor die Hunde gehe, sehen wir uns da oben wieder!", sagte Michael entschlossen und zeigte nach oben.

Als er die Tür aufstieß, blickte er nochmals zurück und sah, wie eine Träne über Alberts Wange rann.

Er schlug die Tür wieder zu und humpelte zur Rückseite des Containers, riss die Plane vom Schneemobil, wickelte seine Hände in die Stofflappen ein und startete den Motor.

Am Horizont wurde es bereits ein wenig heller. Der Sturm tobte aber immer noch unvermindert.

***

Michael kam gut voran. Er blickte immer wieder auf die Tankanzeige des Schneemobils. Er hatte vielleicht die Hälfte der Strecke zur Wilkinsonhütte zurückgelegt, als der Motor ein erstes Mal stotterte. Eine Minute später ging er Knall auf Fall aus. Michael rollte aus. Jetzt herrschte plötzlich absolute Stille. Nur das leise Knistern des abkühlenden Motors war zu hören. Michael zögerte nicht lange. Er ließ das Fahrzeug mitten auf dem Pfad stehen und stapfte los.

Die Schmerzen in seinem Fuß drangen hoch bis in den Oberschenkel. Jeder Schritt war eine Qual. Er setzte einen Fuß vor den anderen, dachte an Eleonore und die Kinder. Wo waren sie wohl? Haben die anderen sie gefunden? Ging es ihnen gut? Oder sind sie vielleicht in ihrem Versteck erfroren?

Er versuchte einen klaren Kopf zu bewahren. Die Mischung aus Schmerz, Angst und Zweifel war kaum auszuhalten.

In der Ferne hörte er das Heulen der Wölfe.

***

Bagley und Hank fuhren so schnell sie konnten und kamen auf der Lichtung vor der Wilkinsonhütte an. Das Licht hatten sie bereits früher ausgeschaltet. Um das Motorengeräusch mussten sie sich keine Gedanken machen bei diesem Sturm.

Sie kämpften sich die letzten Meter durch den hohen Schnee und gelangten so zur Hütte. Aus dem Kamin stieg Rauch auf, welcher aber sofort vom Sturm weggerissen wurde.

Langsam traten sie zur Tür. Hank brachte das Gewehr in Anschlag und Bagley zückte seinen Revolver. Er zeigte drei, dann zwei und zuletzt ein Finger, bevor sie die Tür eintraten und hineinstürmten. Casper saß am Tisch und blickte die beiden Eindringlinge mit aufgerissenen Augen und offenem Mund an. „Hank?", sagte er völlig verdattert.

„Ist er hier?", fragte Bagley ohne zu zögern, den Revolver seinem herumschweifenden Blick folgend.

„Wer? Albert?", fragte Casper.

„Ja, ist er hier?", doppelte Hank nach.

„Nein. Nur Eleonore und die Kinder. Sie schlafen… oder besser, sie haben geschlafen", ergänzte er, als die drei ihre verschreckten Gesichter beim Vorhang zum Schlafraum zeigten.

„Dann ist ja gut", sagte Bagley und schloss die Tür. Er legte auch den schweren Bärenbalken vor.

„Casper, möglicherweise ist Albert auf dem Weg hierher!", sagte Hank.

„Das glaube ich nicht", widersprach Bagley, „sonst wären sie schon längst hier!"

Damit hatte er wohl Recht.

„Waren sie nicht auf den Grabungsparzellen?", fragte Casper.

„Sie waren auf dem Muller-Abschnitt. Auf unserem waren sie nicht. Jetzt sind sie vermutlich zum Schweden hochgefahren", murmelte Hank.

Bagley nahm über Funk Kontakt mit seinem Kollegen auf und teilte ihm mit, dass in der Wilkinsonhütte alle wohlauf waren. Der Funkspruch erreichte die anderen unmittelbar, nachdem sie mit dem Schweden gesprochen hatten. Albert und Michael waren auch nie dort gewesen. Nachdem Frazer das mitgeteilt hatte, machte sich Resignation breit. Keiner wusste, wo sie die Suche fortsetzen sollten. Es gab in erreichbarer Distanz keine weiteren Hütten mehr.

„Ihr könnt doch nicht einfach nichts mehr tun! Michael ist noch da draußen im Sturm, in der Gewalt eines Wahnsinnigen!", rief Eleonore und begann zu schluchzen.

„Das sind wir uns sehr wohl bewusst, gute Frau, aber wo sollen wir suchen?", sagte Bagley mit einem gewissen Unterton von Resignation. „Wenn sie noch irgendwo unterwegs sind, besteht eine Chance, sie zu entdecken. Wenn sie aber irgendwo hocken oder liegen, könnten wir bei diesem Sturm einen Meter an ihnen vorbeifahren und würden sie nicht sehen!"

***

Rick, Ron und Frazer berieten sich in ähnlicher Weise. Für den Moment hatten sie noch ausreichend Treibstoff aber die Frage war, wo sollten sie suchen? Erst mal tranken sie einen starken Kaffee in der warmen Hütte und unterhielten sich mit dem Schweden.

Nach einer Weile sagte Rick zu Frazer: „Sir, wir könnten in Old Crow Suchtrupps zusammenstellen und das ganze Gebiet hier rasterförmig absuchen."

„Sie werden in Old Crow kein Glück haben. Die Vuntut Gwitchin werden bei diesem Wetter nie für einen bleichgesichtigen Grabungs-Spinner ihr Leben riskieren. Keine Chance!", sagte Fraser und fluchte leise vor sich hin.

„Das lassen Sie mal meine Sorge sein!", sagte Ron entschlossen, kramte sein Satellitentelefon aus der Jacke und trat ins Freie.

„Hallo Betty, kannst du mich verstehen?", brüllte er ins Telefon.

„Mehr schlecht als recht. Wo steckst du?"

Ron erklärte ihr in wenigen Sätzen den Stand der Dinge und bat sie, die Einheimischen zu fragen, ob sie sich an der Suche beteiligen würden.

„Das dürfte nicht einfach werden, Schatz! Du weißt, was sie von den Fossiliensuchern halten, die den Boden von Mutter Natur aufreißen, um an das verfluchte Zeug zu kommen! Aber ich tue mein Bestes. Pass auf dich auf!"

Ron schaltete das Gerät sofort wieder aus, um den Akku zu schonen und trat zurück in die warme Hütte.

„Die Hoffnung stirbt zuletzt!", murmelte er.

***

Michael kämpfte sich durch den immer tiefer liegenden Schnee. Er sank stellenweise bis zur Hüfte ein. Er erinnerte sich daran, wie ihm einst ein Indianer gezeigt hatte, wie man aus Dingen, die in der Natur vorkommen, Schneeschuhe bauen konnte.

Er steuerte einen Busch an, ähnlich einer Weide, und brach diverse Zweige ab. Er nahm die kräftigsten davon und bog sie soweit rund, bis sich die Enden berührten. Diese band er mit einem weichen, biegsamen Zweig zusammen. Dies wiederholte er und hatte dadurch zwei fischförmige Gerüste von etwa einem Meter Länge. Er flocht weitere Zweige zwischen die Rahmen und steckte abgerissene Birkenrinde dazwischen. Er betrachtete sein angefangenes Werk, öffnete die Jacke und klemmte sich die beiden Hände über Kreuz unter die Achselhöhlen. Er zitterte. Langsam kam das Gefühl in die gefrorenen Finger zurück. Sofort setzte er den Zusammenbau der Schneeschuhe fort. Einige Zweige brachen in der Kälte, doch andere ließen sich sehr gut biegen.

Zuletzt versuchte er die Zweige für die Stiefelbefestigung zu fixieren. Das wollte und wollte nicht gelingen. Er war verzweifelt. Wieder hielt er sich die Finger unter die Achselhöhlen und dachte nach. Letztlich blieb ihm nichts Anderes übrig, als aus einem Stofflappen, der ihm bis jetzt als Handschuh diente, Streifen zu reißen und diese zu Riemen zu verknüpfen.

Das Ganze hatte sicher eine Stunde gedauert, doch Michael wusste, dass er diese Stunde durch das höhere Tempo rasch wieder aufholen konnte.

Da das Geheul der Wölfe nicht verstummen wollte, brach er sich noch zwei starke, daumendicke Zweige ab und formte das eine Ende mithilfe seiner Zähne zu Spitzen. Er biss Faser um Faser ab, bis sich schließlich eine Spitze erahnen ließ. Das Resultat ließ zu wünschen übrig aber es war besser als nichts. Die beiden Speere konnte er auch als Stöcke benutzen.

Er band die Schneeschuhe an seinen Stiefeln fest und ging los. Der Unterschied war gewaltig. Er sank kaum mehr bis zum Knöchel ein und kam rasch vorwärts.

Nach den ersten paar hundert Metern musste er einige Reparaturen ausführen aber im Großen und Ganzen hielten die Schneeschuhe besser als erwartet.

Er überquerte eine Lichtung und sah im Norden herrliche Polarlichter am Himmel tanzen. Er liebte dieses Phänomen. Eleonore hatte ihm einst erklärt, wie es dazu kommen kann aber er hatte es wieder vergessen. Hätte er sich doch kurz hinsetzen und dieses Naturschauspiel genießen können!

Er stapfte weiter und versuchte die Schmerzen, die Kälte und den Schwindel zu ignorieren. Zwischendurch schmolz er ein Stück Schnee im Mund, obschon er wusste, dass dies nichts zur Löschung seines Durstes beiträgt. Der Körper braucht viel zu viel Energie, um den Schnee zu schmelzen und übrig bleibt kaum ein Schlückchen eiskaltes Wasser, welches den Körper von innen her zusätzlich abkühlt. Aber er hatte Durst und Hunger.

Konnte er es schaffen? Die Zweifel wurden grösser.

***

Betty kam zurück in die Gaststube ihrer Bar. Ein paar Einheimische saßen mit ihrem Kaffee an den wenigen Tischen und redeten. Betty war immer wieder erstaunt über diese uralte Sprache. Der gesprochene Dialekt namens Gwich'in gehört zur Athabaskischen Sprachfamilie und es war absolut unmöglich für einen Menschen englischer Muttersprache auch nur ein einziges Wort zu verstehen. Sie hatte etwa ein halbes Jahr lang bei einer älteren Vuntut Gwitchinfrau Sprachunterricht genommen. Daher kannte sie auch die Geschichte und die Herkunft dieser schwierigen Sprache. Die Einheimischen sprachen untereinander immer in diesem Dialekt, damit die Zugewanderten sie nicht verstehen konnten. Doch langsam aber sicher stirbt diese alte Sprache aus. Viele jüngere Menschen sprechen sie nur noch gebrochen und geben sich voll und ganz dem Englisch hin.

Betty hörte einen Moment zu und ging dann zu Kyhenjik hin. Er war einer der älteren Männer und gehörte zu den wenigen, welche die Zuwanderer akzeptierten. Kyhenjik war sein Familienname. Den Vornamen kannte sie nicht. Eigentlich kannte man keine Vornamen sondern sprach die Einheimischen mit dem Familiennamen an. Unter sich gaben sie sich Namen wie weißer Wolf, stumme Eule, Mann des Feuers und ähnliches, was letztlich immer ein

Bezug zu gewissen Eigenschaften der Person herstellte. Wurden sie aber von einem Zuwanderer mit einem dieser Namen angesprochen, reagierten sie nicht.

Kyhenjik schaute Betty an und sagte: „Du machst ein besorgtes Gesicht und um dich herum fühlt es sich im Augenblick nicht gut an."

Diese Direktheit war eine der bemerkenswerten Eigenschaften der Ureinwohner von Old Crow. Sie sagten, was sie fühlten. Manchmal konnte dies auch verletzend sein aber Betty schätzte diesen Charakterzug.

Kyhenjiks Gesicht mit seiner ledrigen und runzligen Haut und den tief liegenden, dunklen Augen, welche so nah beieinander saßen, dass sie den Anschein erweckten, auf der narbigen Nase zu sitzen, blickte sie sorgenvoll an.

„Wie immer siehst du direkt in mich hinein!", antwortete sie und sagte dann: „Wir haben da draußen ein Problem." Sie deutete in Richtung Westen.

„Ich sah vorgestern Ron wegfahren. Ist etwas mit ihm?"

„Indirekt ja", antwortete sie, worauf ihr Kyhenjik ein Handzeichen machte, dass sie sich zu ihnen setzen soll. Sie erzählte ihm, was ihr Ron mitgeteilt hatte.

Kyhenjiks Ausdruck verfinsterte sich. „Und du willst, dass wir jetzt sofort da rausgehen und nach den beiden Männern suchen? Das ist bei diesen Wetterverhältnissen ein Risiko für jeden, der mitkommt!"

„Ich weiß. Es war ja auch nur eine Bitte. Sie sind zu wenige da draußen. Das Gebiet ist einfach zu groß! Die Chance, dass sie die beiden ohne Unterstützung noch lebend finden ist sehr klein."

Einige der Männer am Tisch standen auf und verschwanden kommentarlos.

„Wie du siehst, ist die Begeisterung groß", murmelte Kyhenjik und schaute den Männern hinterher. „Ich weiß nicht, ob ich überhaupt jemanden überzeugen kann. Wir kennen die beiden Männer. Albert ist ein ungehobelter Dummkopf. Jedes Mal, wenn er in die Stadt kommt, gibt es mit ihm irgendwelche Probleme. Er besäuft sich, macht unsere Frauen an und hält sich mit dummen Sprüchen und Provokationen überhaupt nicht zurück. Michael hingegen ist ein guter Kerl. Letzten Sommer hat er mir die Solaranlage auf meinem

Haus neu verkabelt und den Wechselrichter für die Stromversorgung im Haus repariert. Einfach so! Ich wollte ihm etwas dafür geben, doch er lehnte beleidigt ab. Er habe es gern getan und begnügte sich schließlich mit einer Cola. Auch seine Kinder sind wirklich toll. Sie verstehen sich auch gut mit den gleichaltrigen Kindern von uns. Das ist die Zukunft! Eine gemischte Gesellschaft von Ureinwohnern und Zuwanderern, welche miteinander auskommen, sich gegenseitig unterstützen und gemeinsam an einem Strick ziehen! Das wäre meine Vision.

Vermutlich werde ich dies aber nicht mehr erleben. Schon mein Vater hat gesagt, dass es etwa vier Generationen dauern wird."

Betty hörte dem Mann einfach nur zu. Sie wurde einmal mehr darin bestätigt, dass der Mann das Herz auf dem rechten Fleck hatte. Nun konnte sie nur noch hoffen.

„Gut, Betty, ich werde mich mal mit ein paar Männern meiner Generation unterhalten. Ich kann aber nichts versprechen!", sagte er, blickte ihr dabei direkt in die Augen und stand auf.

„Ich danke dir, Kyhenjik. Nur schon für deinen guten Willen!"

Er nickte stumm und verließ die Bar.

**

Frazer holte die Karte und breitete sie auf dem Tisch aus. Rick, Ron und der Polizist lehnten sich über den Tisch und versuchten herauszufinden, wo Albert noch sein könnte.

Der Schwede schaute die Karte gar nicht erst an. „Es gibt hier oben nichts mehr!", sagte er mit seinem unverkennbaren, skandinavischen Akzent. Ich kenne die ganze Gegend nördlich, westlich und östlich von hier wie meine Westentasche. Hier gibt es im Umkreis von einer Tagesetappe rein gar nichts! Nördlich der Grabungsfelder ist die Welt zu Ende!"

Eigentlich wussten das alle Anwesenden, doch im Stillen hofften sie, vom Schweden noch einen guten Rat zu erhalten.

„Habt ihr bei den Grabungsparzellen wirklich alles gut abgesucht?", fragte er nach.

„Yep!", war die trockene Antwort des Polizisten.

Dann nahm er ein Bleistift aus seiner Tasche und sagte: „Albert ist mit seinem Schneemobil von der Wilkinsonhütte zu den Mullers gefahren. Danach von den Mullers weiter hoch zu deren Abschnitt. Für mich ergeben sich daraus drei Fragen. Die erste ist die, ob Albert bei seiner Abfahrt einen vollen Tank hatte. Die zweite, wie ist die Reichweite seines Schneemobils. Die dritte, ob er auf der Mullerparzelle nachtanken konnte. Aus den

Antworten könnten wir den maximalen Aktionsradius und somit die maximale Fahrdistanz ermitteln, die er von dort aus noch hätte zurücklegen können."

Er schaute fragend in die Runde.

Rick antwortete: „Die erste Frage können wir nicht beantworten. Albert fährt einen „Bear Cat". Der fasst Benzin für ungefähr zweihundert Kilometer. Zu zweit auf dem Sitz, vielleicht hundertsiebzig. Wenn also sein Tank ganz voll war, hätte er vom Grabungsabschnitt aus noch etwa für zwanzig Kilometer Treibstoff im Tank gehabt."

Der Schwede ergänzte: „Der „Bear Cat" hat ein Zweitaktmotor, der mit Benzin-Öl-Gemisch läuft. Auf den Grabungsparzellen gibt es in der Regel kein Zweitaktbenzin. Man ist ja nur im Sommer dort und die Quads, die Generatoren und Maschinen benötigen ölfreies Viertakt-Benzin oder Diesel. Das Nachtanken können wir vermutlich ausschließen!"

Frazer zog mit seinem Bleistift einen Kreis im Radius von etwa zwanzig Kilometer um die Grabungsparzelle der Mullers. Die Männer starrten auf die Karte. In diesem Umkreis war außer der abgebrannten Hütte der Mullers und dem Abschnitt der Wilkinsons nichts. Einfach gar nichts!"

„Die sind am Arsch!", raunte der Schwede und zündete sich nachdenklich eine selbst gedrehte Zigarette an.

Es machte sich in der Hütte eine beklemmende Stimmung breit.

„Mist!", unterbrach Frazer die Stille. Wenn wir besseres Wetter hätten, könnte ich in Fort Yukon bei den Amerikanern einen Hubschrauber mit Wärmebildkamera anfordern. Das haben wir auch schon gemacht, um Menschen zu suchen. Aber bei diesem Wetter heben die keinen Meter ab!"

„Wir können aber auch nicht einfach nichts tun!", sagte Ron. „Wieviel Benzin hast du vorrätig?", fragte er den Schweden. Dieser dachte kurz nach und sagte knapp: „Fast zwei ganze Fässer. Damit könnte man um die Welt fahren!"

Frazer blickte auf und sagte: „Gut. Wir bringen ein Fass zur Grabungsparzelle der Mullers und richten dort das Zentrum für unsere Nahsuche ein. Wir fahren von dort aus sternförmig Sektor um Sektor ab und kehren immer wieder zum Abschnitt zurück, um aufzutanken. Wenn Sie mithelfen", sagte er zum Schweden gewandt, „könnten wir jeweils zu zweit mit zwei Schneemobilen fahren. Jeder allein wäre effizienter aber zu gefährlich. Wir wissen ja nicht, wie dieser Albert reagiert, wenn wir ihn finden."

„Ich komme mit, weiß aber nicht, wie lange es mein Rücken mitmacht. Ich habe in letzter Zeit ziemliche Probleme mit den Bandscheiben."

„Packen Sie Schmerzmittel ein! Wir brauchen jeden Mann!"

Als sie die Hütte verließen, rief Ron ganz kurz Betty an und teilte ihr den Plan mit. Sie erzählte ihm, dass Kyhenjik versuchen wird, ein paar Männer zu mobilisieren.

Auf der Karte sah der Kreis so klein aus. In der unerbittlichen Wildnis aber waren sich die Männer bewusst, dass es trotzdem ein riesiges Gebiet war, das sie absuchen mussten. Sie mussten sich auf ihre Beobachtungsgabe verlassen. Spuren des Schneemobils, welche noch nicht verweht oder zugeschneit waren, Schuhspuren, Äste und Büsche am Pfad mit wenig Schnee drauf, abgebrochene Zweige und ähnliches. Aus diesem Grund fuhren sie sofort los, damit sie wenigsten ein wenig des kargen Tageslichts nutzen konnten.

Sie fuhren zuerst zur Grabungsparzelle der Mullers, brachten das Treibstofffass in die Baracke, teilten die Nahrungsmittel auf, die der Schwede noch in Windeseile eingepackt hatte und fuhren dann los.

Die Landkarte hatten sie in der Hütte an der Holzwand befestigt. Jedes Mal, wenn ein Suchtrupp aus einem abgesuchten Sektor zurückkehrte, musste er das überprüfte Gebiet markieren. So erhofften sie sich keine doppelt abgesuchten Sektoren.

Frazer nahm den Schweden mit und Ron setzte sich bei Rick auf das Schneemobil. Die ersten fuhren nordwärts und die anderen südwärts.

***

Kurz bevor sich das schwache Tageslicht ganz verabschiedete, betrat Kyhenjik die Bar und suchte mit seinem Blick nach Betty.

Sie sah sofort an der Kleidung und der Ausrüstung an seinem Körper, dass sich Kyhenjik an der Suche beteiligen wird.

„Wir ziehen jetzt los!", sagte er, während er sich die dicke Fellmütze aus dem Gesicht streifte.

„Wir?", fragte Betty erfreut.

„Ein paar Männer kommen mit. Glaub mir, es war nicht einfach!", murmelte er und zeigte zum Fenster.

Betty ging um den Tisch und schaute hinaus. Weiter vorne, auf der Dorfstraße, konnte sie ein gutes Dutzend Scheinwerfer von Schneemobilen ausmachen, welche ihr Licht durch die Rauchschwaden der Abgase warfen.

„Ich danke dir, Kyhenjik. Passt auf euch auf!", sagte Betty und umarmte den dick eingepackten Kyhenjik.

„Hoffentlich ist nicht alles umsonst", flüsterte er, drückte Betty, wandte sich ab und verließ die Bar. Wenige Sekunden später brauste die ganze Gruppe an der Bar vorbei. Jedes zweite Schneemobil führte einen Anhänger mit Benzinkanistern, Planen und Säcken mit. Sie hatten sich offensichtlich auf eine längere Suche eingestellt. Wenig später verschwanden sie hinter der nächsten Straßenbiegung.

***

Hank und Bagley wechselten sich mit der Wache ab. Einer schlief, der andere hockte am Fenster neben der Tür und starrte in den Schneesturm hinaus. Casper und Eleonore standen am Ofen und bereiteten das Abendessen vor. Die Kinder schauten sich Bücher an. Peter konnte schon etwas lesen, während sich Rosie die Bücher mit den Bildern und Fotos aussuchte. In ihrer Hütte hatten sie auch einige Bücher, kannten sie aber schon fast auswendig.

Casper betrachtete Eleonore. Auf ihrer Stirn waren feine Schweißperlen zu sehen. Das markante Gesicht mit den rosa Wangen, den zerzausten, rötlichen Haaren, der widerspenstigen Haarsträhne, welche sich immer wieder störend über ihr Gesicht legte. Sie zupfte daran herum und versuchte sie wieder hinter das Ohr zu streichen. Ihre schlanken, gepflegten Hände und ihre wirklich schöne Figur, ließen Casper nicht mehr los. Er hatte die Frau schon ein paarmal gesehen aber nie auf diese Details geachtet. Die grazile Art, wie sie sich bewegte und die weiche Stimme, wenn sie sprach. Alles Dinge, die Casper hier draußen so sehr vermisste.

Als sich ihre Blicke kurz trafen, schaute Casper beschämt weg. „Spinnst du?", fragte er sich in Gedanken und ihn überfiel ein schlechtes Gewissen. Diese Frau war in Angst um ihren Mann, der Vater ihrer Kinder, welcher irgendwo da draußen um sein Leben kämpfte. Und er selber hatte nichts Gescheiteres zu tun als sich verbotenen Gedanken hinzugeben. Er war sich aber sicher, dass er irgendwann eine Frau haben wollte, die genau so war wie Eleonore. Nicht sie selber aber so wie sie! Mit mehreren Kindern - eine richtige Familie.

Bagley wurde gelegentlich durch seinen Kollegen via Funk über den Stand der Dinge informiert. Er wollte auch an der Suche teilnehmen, doch der Ältere befahl ihm, bei der Frau und den Kindern zu bleiben. Er war für ihre Sicherheit verantwortlich!

Hank schlief tief und fest auf dem Fauteuil.

***

Michaels Schneeschuhe hielten den Strapazen stand. Ihm selber ging es immer schlechter. Sein Fuß schmerzte höllisch. Er kam fast um vor Hunger. Zwischendurch kaute er auf Fichtentrieben, um den bittersüßen Saft auszusaugen. Wenn er welche fand, kaute er Buchenknospen. Doch je länger der Marsch dauerte, desto schwächer wurde er. Das näherkommende Wolfsgeheul zerrte zusätzlich an seinen Nerven. Er hoffte, in diesem Schneesturm die Orientierung nicht zu verlieren. Im dümmsten Fall konnte er ein paar Meter an der Wilkinsonhütte vorbeigehen, ohne sie zu bemerken.

Er kämpfte sich einfach weiter. Er fror und er schwitzte gleichzeitig. Er erbrach sich in den Schnee und wurde von Krämpfen geschüttelt. Trotzdem gab er nicht auf. Schritt für Schritt versuchte er voranzukommen.

Das letzte, schwache Tageslicht war bereits wieder verschwunden und hat das Feld der dunklen Nacht überlassen. Nach etwa einer Stunde legte sich der Sturm plötzlich. Als ob jemand einen Schalter umgelegt hätte. Der Schneefall hielt noch an, schwächte sich aber im Laufe der Zeit mehr und mehr ab. Schließlich fielen nur noch vereinzelte

Flocken vom Himmel und fanden zwischen den dichtstehenden Bäumen den Weg zum Boden. Michael hielt kurz an, um zu Atem zu kommen. Jetzt hörte er das Heulen der Wölfe ganz nah. „Bleibt bloß weg von mir!", murmelte er heiser. Er wollte gleich wieder los, als er im rechten Augenwinkle einen dunklen Schatten wahrnahm. Er drehte den Kopf und starrte in die Dunkelheit hinaus. Hastig griff er nach der Taschenlampe und leuchtete in den Wald. Da war nichts! „Fang ich jetzt an zu halluzinieren?", fragte er sich selber, löschte die Lampe und horchte. Es hatte nun ganz aufgehört zu schneien und am Himmel lichteten sich die Wolken. Michael lauschte, hörte aber außer seinem Atem nichts. Doch dann, hinter ihm ein Geräusch. Er wirbelte herum und riss die Lampe hoch. Da waren sie! Die leuchtenden Augen eines Wolfes, welche das Licht der Taschenlampe reflektierten. Michael erstarrte. Er traute sich nicht mehr zu atmen. War es ein Einzelgänger? Warteten da vielleicht noch andere seines Rudels darauf, über ihn herzufallen? Er versuchte in Gedanken alle die guten Ratschläge der Einheimischen abzurufen. Nicht in die Augen schauen! Sich groß machen! Laut rufen oder sonor mit ihm sprechen. Ja was war nun besser? Auf jeden Fall nicht weglaufen!

Michael verharrte ruhig, zog aber ganz langsam den Revolver aus der Tasche.

Die Wolken rissen vollends auf und endlich fiel schwacher Mondschein auf die Schneedecke. Michael konnte nun deutlich sehen, dass es nur ein einzelner Wolf war, der ihn immer noch anstarrte. Beide standen sie da und warteten. „Wartest du, bis ich im Stehen einschlafe oder erfriere?", rief Michael. Der Wolf zuckte kurz zusammen, als er die laute Stimme hörte, bewegte sich aber nicht vom Fleck.

„Hau ab!", schrie nun Michael aus Leibeskräften.

Der Wolf machte zwei Schritte zur Seite, ließ ihn aber nicht aus den Augen. Michael sah, dass es ein riesiger, schwarzer Wolf war, mit großem Kopf und dickem Fell. Noch nie hatte er einen so großen, kräftigen Wolf gesehen! Michael wusste nicht mehr, wie lange sie einfach nur dastanden. Mittlerweile hatte er die Taschenlampe abgeschaltet, konnte das Tier aber gut sehen. Michael begann zu zittern. Was sollte er nur tun?

Dann geschah etwas Unglaubliches. Der Wolf setzte sich auf sein Hinterteil und legte sich dann langsam ganz nieder in den Schnee. Er beobachtete den Menschen vor ihm aber weiterhin aufmerksam.

„Das gibt's doch nicht!", murmelte Michael verwirrt. „Du wartest einfach, bis ich verrecke!"

Er blickte sich um. Er und der Wolf waren alleine. Kein Rudel in der Nähe. Das Heulen anderer Wölfe war verstummt. Er war etwa zehn Meter von dem Tier entfernt. Konnte er die Fichte zu seiner linken erreichen und die Äste erklimmen, bevor der Wolf bei ihm sein konnte? Mit den Schneeschuhen an den Füssen hätte er aber nicht klettern können. Hätte er sie ausgezogen, wäre er wieder hüfthoch im Schnee versunken und hätte dreimal so lang gebraucht bis hin zum Baum. Hätte er die letzte Kugel im Revolver einfach auf das Tier abfeuern sollen? Was würde passieren, wenn er ihn verfehlte?

Die Gedanken fingen an, sich in Michaels Kopf zu überschlagen. Schließlich entschied er sich, die paar Meter bis zum Baum ganz langsam zurückzulegen. Ganz vorsichtig machte er den ersten, kleinen Schritt und beobachtete dabei den Wolf. Dieser zeigte keine Reaktion. Michael wagte den nächsten und den übernächsten Schritt. Jetzt hob der Wolf den Kopf und Michael hielt sofort inne. Wieder starrten sie sich gegenseitig an. Nach einer Weile wagte er die nächsten paar Schritte und erreichte schließlich den Baum. Langsam bückte er sich und öffnete die beiden Fußriemen an den Schneeschuhen. Der Wolf regte sich nicht, beobachtete ihn nur. Michael atmete drei, vier Mal tief durch und wagte den Sprung von seinen Schneeschuhen weg auf die untersten Äste. Sofort zog er sich hoch zum nächsten Ast. Er sah im Augenwinkel, wie der Wolf aufschoss und auf ihn zusprang. Mit drei, vier Sprüngen war er am Baum. Michael erwartete bereits den Angriff und versuchte so rasch wie möglich an Höhe zu gewinnen. Der Schnee fiel von den Ästen nach unten und deckte die Schneeschuhe zu. Auch der Wolf bekam etwas davon ab und machte einen Satz zurück. Michael hatte etwa drei Meter geschafft. Keuchend stoppte er und blickte nach unten. Der Wolf schüttelte den Schnee aus seinem Fell und blickte zu ihm hoch. Dann begann er um den Baum herum zu schleichen. Vier, fünf Mal umrundete er den Stamm und blickte ständig nach oben.

„Ha! Hab ich dich reingelegt! Schweißwolf!", rief Michael ihm zu und lehnte sich an den Stamm. Der Ast, auf dem er stand, war nicht all zu dick und Michael wusste, dass die Äste im Winter sowieso nicht sehr stark waren. Er musste also aufpassen, dass er ihn nicht abbrach.

Der Wolf bewegte sich ein paar Meter vom Baum weg und setzte sich wieder hin.

„Das gibt es doch gar nicht!", zischte Michael. Was war nur mit dem Tier los?

Er sah etwas weiter oben einen dickeren Ast und stieg hoch. Er setzte sich darauf und konnte seine

Füße auf zwei anderen Ästen abstützen. Endlich konnte er durchatmen. Hier war er in Sicherheit!

Irgendwann würde es dem Wolf zu dumm und er würde sich davonmachen.

***

Beim ersten Nachtanken trafen die Männer gleichzeitig bei der Baracke ein. Sie hatten je zwei ganze Sektoren abgesucht. Dass der Schneefall und der Wind aufgehört hatten, erleichterte die Suche sehr. Sie zeichneten auf der Karte die bereits durchsuchten Sektoren ein. „Jetzt sind die Spuren wieder sichtbar", sagte der Polizist, „deshalb werden wir an unseren Schneemobilen zwei Äste ans Heck binden. Diese zeichnen eine feine Rille in die Spur. So erkennen wir, ob wir einer unserer eigenen Spuren folgen oder der, die wir suchen!" Erstaunt schauten sich die anderen Männer an. So etwas musste man einfach wissen, sonst käme es einem nicht in den Sinn. Sie taten, wie gesagt und fuhren dann sofort wieder los, um die Suche fortzusetzen. Rick und Ron wählten einen Sektor in Richtung der abgebrannten Hütte, damit sie kurz nach den beiden Hunden sehen konnten. Diesen ging es gut. Sie hatten geschlafen. Rick gab ihnen etwas Futter und füllte den Blechkrug mit Wasser auf. Er ließ die beiden Hunde kurz hinaus, damit sie sich versäubern konnten. Danach verabschiedete er sich wieder und fuhr zusammen mit Ron los.

Kurz bevor sich im Osten wieder das spärliche Tageslicht ankündigte, trafen sie sich wieder mit den anderen beiden Männern bei der Baracke. Alle bisher abgesuchten Sektoren brachten keinen Erfolg. Sie waren schon ziemlich entmutigt und vor allem auch erschöpft. So lange ohne Schlaf und immer in dieser Kälte, das zehrte ganz schön an der Substanz. Sie aßen gemeinsam etwas und tranken heißen Tee, den der Schwede auf dem Kocher zubereitete. Ron massierte dem Schweden den Rücken. Durch die dicke Jacke hindurch brachte das aber auch nicht viel. Trotz Schmerzmittel zeichnete sich ab, dass der Mann nicht mehr lange durchhalten würde.

Frazer entschied, dass er den Schweden zurück zu seiner Hütte bringen und danach die Suche allein fortsetzen wird. Es war dem Schweden nicht recht aber er hielt es einfach nicht mehr aus.

Schließlich fuhren Rick und Ron den nächsten Sektor an, während die anderen zurück zur Hütte des Schweden fuhren.

Am Himmel waren Sterne zu sehen. Der Mond verabschiedete sich gerade hinter den Hügeln. Es war nun klirrend kalt. Rick schätzte die Temperatur auf weniger als -40°C. Der Atem gefror sofort. Die Kleidung konnte die Kälte nicht mehr vom Körper fernhalten. Durch den Fahrtwind wurde es noch schlimmer. Sie mussten öfter anhalten und sich aufwärmen als noch in der Nacht.

„Lange halt ich nicht mehr durch!", rief Ron, „ich erfriere langsam aber sicher!"

„Wir haben keine Wahl, Ron! Wir müssen die beiden Männer finden. Ihnen geht es noch viel schlechter!"

„Weißt du, ich glaube, dass die längst tot sind. Bei dieser Kälte zu Fuß unterwegs, ohne Essen, ohne die Möglichkeit ein Feuer zu machen und dazu noch verletzt. Das halten die nicht durch!"

„Wenn wir sie gefunden haben, wissen wir es!", räumte Rick die Zweifel aus der Welt. Ron lehnte sich noch dichter an Rick und versuchte, dem scharfen Fahrtwind auszuweichen.

Irgendwann am Nachmittag trafen sich die Männer wieder bei der Baracke. Auch Frazer war am Ende.

„Männer, ich denke, wir sollten uns kurz ausruhen. Etwas schlafen. Ich habe den Hubschrauber von Old Crow gekriegt. Sie werden ein paar Überflüge machen aber gegen Abend müssen sie wieder zurück sein. Es kommt eine neue Sturmfront!"

Mit schlechtem Gewissen rollten sich die Männer in ihre dicken Felldecken und versuchten etwas zu schlafen. Trotz der Kälte dauerte es bei Rick gerade mal ein paar Sekunden und er war weg. Ron brauchte etwas länger, schlotterte sich aber dann dennoch in den Schlaf. Frazer schaffte es nicht. Er musste den Ohrhörer des Funkgerätes anbehalten, falls von der Wilkinsonhütte ein Hilferuf kommen sollte. Deshalb hörte er zwangsläufig den Funkverkehr des ganzen Gebietes mit. Das hinderte ihn am Einschlafen.

Nach etwa einer Stunde erwachte Ron schlotternd und zitternd vor Kälte. Er rollte sich aus der Decke, stand auf und begann im Schnee herum zu hüpfen. Rick erschrak und glotzte Ron erstaunt an. „Frühsport am Abend?", raunzte er und schälte sich auch aus der Decke.

„Ich habe nachgedacht während ihr euch ausgeruht habt", sagte Frazer grinsend. „Wir werden nun die beiden Sektoren absuchen, welche die Überschneidung in Richtung Wilkinsonhütte haben. Wir werden zur Hütte fahren, uns dort bei den anderen aufwärmen und neue Gruppen einteilen. Mein Kollege kann meinen Part übernehmen und Casper und Hank den euren."

„Gut gemeint, Sir, aber ich werde nicht aufhören zu suchen, bis wir die Männer gefunden haben!", sagte Rick entschlossen.

„Ich kann nicht mehr. Ich finde den Vorschlag gut", murmelte Ron und rieb sich die Hände.

„Mir geht es auch so. Ich muss eine Pause haben. Ich bin nicht mehr der Jüngste!", ergänzte Frazer, griff in seine Tasche und nahm eine Schachtel

Tabletten heraus. Er drückte eine aus dem Blister und gab sie Rick in die Hand. „Nehmen sie diese Tablette. Ist hochkonzentriertes Koffein. Ab und zu sind wir froh darum. Aber nur eine!"

Rick bedankte sich und steckte sie in seine Tasche.

Sie betrachteten nochmals die Karte und fuhren dann los zu den Sektoren in Richtung Wilkinsonhütte.

***

Michael war ein paar Mal eingenickt. Er hat sich mit dem Gürtel der Jacke mit dem Handgelenk am Ast festgebunden, damit er nicht herunterfallen konnte. Er hockte nun schon mehrere Stunden auf dem Baum. Er schlotterte am ganzen Körper. Zwei Mal hatte er versucht hinabzusteigen. Doch jedes Mal stand der Wolf auf und kam schnurstracks auf den Baum zu. Michael musste sofort wieder hoch. Er war verzweifelt. Er musste rasch eine Entscheidung fällen. Lange würde er nicht mehr überleben. Er kletterte einen Ast tiefer und ließ den Wolf auf sich zukommen. Von der Distanz her wäre er für das Tier nun erreichbar gewesen, doch der Wolf kam nur auf etwa drei Meter heran und blieb dort stehen. Michael zog den Revolver aus der Tasche und zielte mit seinen klammen Fingern auf das Tier. Einen Augenblick lang blickte der Wolf genau in den Lauf, dann wandte er sich ab und machte sich mit großen Sprüngen durch den tiefen Schnee davon. „Hä?", machte Michael und blickte ihm hinterher, bis er ihn nicht mehr sehen konnte. „Was zum Teufel…", murmelte Michael und konnte die Situation noch gar nicht begreifen.

Er steckte den Revolver wieder ein und stieg ganz vom Baum. Eiligst suchte er die Schneeschuhe und die beiden Stöcke im tiefen Schnee und schnallte sich in den Stiefelriemen fest. Er schaffte es fast nicht mehr mit den fast tauben Fingern. Ohne zu zögern machte er sich weiter auf den Weg. Immer noch verwirrt, komplett unterkühlt und zitternd setzte er einen Fuß vor den anderen. Er blickte oft zurück, doch das Tier war verschwunden. „Das wird mir keiner glauben!", platzte es aus ihm heraus. Ihm war übel und schwindlig.

Es zogen Wolken auf. Wind setzte ein und Michaels Hoffnungen schwanden. Es war mehr ein Stolpern als ein Laufen, und irgendwann fiel er das erste Mal in den Schnee. Er rappelte sich wieder hoch und nahm die nächsten Schritte in Angriff. „Du hast nur noch zwei oder drei Stunden! Dann hast du es geschafft! Du darfst jetzt nicht aufgeben! Nicht aufgeben!", wiederholte er immer und immer wieder.

***

Casper horchte auf und rannte zum Fenster. Die Motoren waren nun deutlich zu hören. Sofort packte er die Handlampe und eilte nach draußen, um Lichtsignale zu geben. Es dauerte keine Minute, bis die beiden Schneemobile vor der Hütte vorfuhren. Auch Eleonore rannte hinaus. Ihre Enttäuschung war groß, als sie sah, dass Michael auf keinem der beiden Fahrzeuge saß.

Rasch eilten die durchgefrorenen Männer in die Hütte.

Sie rissen ihre Jacken auf und stellten sich neben den warmen Ofen, während sie von der Suche erzählten.

„Wir haben heute Nachmittag ein paar Mal einen Hubschrauber gehört. Haben die nichts gefunden?", fragte Hank, während er Kaffee aufsetzte.

„Leider nicht. Die beiden sind wie vom Erdboden verschluckt.", antwortete Frazer.

Rick sagte: „Wir sind total am Ende. Es ist vorgesehen, dass Casper und Sie, Sir, das eine Schneemobil übernehmen, und Hank und ich das andere. Wir werden die Suche fortsetzen. Es bleiben noch etwa zehn Sektoren übrig. Wenn wir dort nichts finden, gibt es keine Hoffnung mehr!"

Ohne zu zögern begannen Casper, Hank und Bagley sich anzuziehen. Letzterer wandte sich an Rick und sagte: „Und was ist mit Ihnen? Brauchen sie keine Ruhepause?"

„Ich würde mich gerne aufwärmen und etwas hinlegen aber die beiden Männer sind irgendwo da draußen. Wir müssen sie finden!"

Eleonore saß auf der Kante des einen Bettes, ihr Gesicht in den Händen begraben. Dann blickte sie auf und sagte: „Rick, du musst dir eine Pause gönnen! Sonst wird es für dich gefährlich!"

Rick setzte sich neben sie, legte seinen Arm über ihre Schultern und flüsterte: „Michael ist mein Freund und der beste Ehemann für dich. Er ist der liebste Vater für eure Kinder, also muss er überleben. Ich will dabei sein, wenn wir ihn finden!"

Eleonore umarmte Rick kurz, blickte ihm in die Augen und flüsterte: „Du musst auch heil zurückkommen, sonst macht es keinen Sinn!"

Die Männer nahmen eine heiße, fettige Suppe zu sich und stopften ein paar Scheiben Brot in sich hinein. Dann zogen sie sich fertig an und verließen die Hütte.

Eleonore stand am Fenster und schaute den roten Rücklichtern nach, bis sie im Wald verschwanden.

Peter zupfte sie am Pullover und sagte: „Papa ist drei Mal den Iron Man gelaufen! Er ist ein harter Kerl, das hast du immer gesagt. Also wird er auch wieder zu uns zurückkehren!"

Es zerriss Eleonore fast das Herz. „Du hast ja Recht, Peter. Beten wir für ihn und hoffen, dass er bald wieder bei uns ist."

Ron war bereits auf dem Fauteuil neben dem Ofen eingeschlafen, während Frazer die erste Wache am Fenster übernahm. Eleonore sah, wie er immer wieder einnickte und ging zu ihm hin.

„Sir, Sie sollten ein wenig schlafen. Ich bin nicht müde und kann für sie nach draußen spähen. Ich kann sie ja aufwecken, wenn sich etwas tut."

„Es tut mir leid. Ich bin auch nur ein Mensch und nicht mal mehr der Jüngste", versuchte er sich zu rechtfertigen, doch Eleonore winkte ab. Frazer erhob sich und schlurfte in den Schlafraum. Er legte das Funkgerät auf das Tablar, ließ sich auf das Bett fallen und zehn Sekunden später war das erste Schnarchen zu hören.

Eleonore taten die Männer leid und sie war unendlich dankbar, dass sie das für ihren Mann taten. Die Männer waren fix und fertig!

***

Gegen Mitternacht hatten die Männer bis auf vier Sektoren alle abgesucht. Sie trafen sich in der Baracke und wärmten sich über den geöffneten Motorhauben die Hände. Rick hatte vor etwa einer Stunde die Tablette genommen. Erst jetzt zeigte sie ihre Wirkung. Sein Puls stieg merklich an und er fühlte sich viel weniger müde als zuvor. Sie verpflegten sich nochmals kurz, tankten voll und fuhren für die nächsten Sektoren los.

***

Michael wusste nun ganz sicher, dass er sich verlaufen hatte. Er hätte längst bei der Wilkinsonhütte ankommen müssen. Er erreichte stattdessen das Ufer eines der unzähligen, kleinen Seen in diesem Gebiet. Er kannte die Stelle, wegen des markanten Anstiegs auf der anderen Seite und dem kleinen Birkenwald am Abhang. Er war mindestens acht Kilometer zu weit südlich! Er hätte aufschreien können. Streckenmäßig wäre er jetzt sicher schon bei der Hütte. „Nein, nein, nein…, das darf nicht wahr sein. Ich bin am Arsch, ich kann nicht mehr!", seufzte er und ließ sich in den Schnee fallen. Obschon er den Weg von hier zur Hütte ganz genau kannte, wusste er, dass er die Kraft nicht mehr hatte. Er war fertig! Er lag seitwärts im Schnee, der keuchende Atem bildete eine dichte Dampfwolke und er blies die leichten Schneeflocken vor seinem Gesicht weg. Er keuchte, hechelte, zuckte und zitterte. Ihm schien, als würde das Nordlicht direkt vor seinem Gesicht tanzen. Doch als er die Augen kurz öffnete, war es stockdunkel.

Er fühlte, wie der Wind auffrischte und erneut Schneefall einsetzte. „Eleonore, es tut mir leid. Es tut mir so leid!", flüsterte er und eine Träne trat aus seinem Auge und fror noch auf seiner Wange ein. Er sah seine lachenden Kinder vor sich herumalbern. Er sah Eleonore, wie sie nach dem Baden aus dem großen Zuber steigt, sich das Haar ausschüttelt und nach dem alten Lieblingsbademantel am Haken an der Wand greift. Wie sie damit ihren schönen Körper verhüllt und langsam in Richtung Schlafraum schlendert. Wie sie ihn mit einem verführerischen Blick zurück über die Schulter stillschweigend auffordert, ihr in den Schlafraum zu folgen.

Er spürte einen Fluss von Wärme durch seinen Körper ziehen. Dann deckte ihn die schwarze Nacht zu.

***

Frazer hatte die Wache übernommen, saß nun am Fenster und spähte nach draußen. Alle anderen schliefen. Er dachte nach. Ihre bislang ergebnislose Suche war gut organisiert. Eigentlich konnte ausgeschlossen werden, dass sich die Männer irgendwo in den abgesuchten Gebieten befunden haben. Und doch blieb da eine gewisse Unsicherheit. Wohin wäre er selber gegangen, wenn er sich in Alberts Situation befunden hätte? Natürlich hätte er versuchen können, über die Grenze nach Alaska zu gelangen. Das wäre aber viel zu weit gewesen. Es herrschte Schneesturm, also hätte er eine Hütte, ein Unterstand oder etwas in der Art gesucht. Es gab aber nur die abgebrannte Hütte der Mullers, die Hütte des Schweden, diejenige der Wilkinsons und viel weiter weg und kaum erreichbar, die von Rick Dempsey. Die Baracke auf der Mullerparzelle, der Container auf dem Abschnitt. Sonst gab es nichts, rein gar nichts hier draußen! Letztlich wäre noch die Scheune bei den Mullers gewesen. Da aber die Hunde dort eingesperrt waren, hätte Albert immer damit rechnen müssen, dass Rick wieder zurückkommt.

„Was haben wir übersehen?", fragte er sich leise, „wo waren wir noch nicht?"

Er grübelte und schnellte plötzlich auf, packte sein Funkgerät und erreichte seinen Kollegen gerade beim Auftanken bei der Baracke.

„Schaut nochmals auf der Wilkinsonparzelle im Container nach!"

„Da war doch alles verschlossen!", antwortete der Jüngere.

„Als wir da waren, ja. Aber vielleicht sind sie erst später dorthin gefahren!"

„Wären sie uns dann nicht begegnet, als wir zur Mullerparzelle fuhren?"

„Wenn er taktisch gehandelt hat, was ich vermute, ist er vielleicht einen Umweg gefahren! Schaut nach! Sofort!"

Ron und Eleonore erwachten aufgrund des Funkgespräches. Sie setzten sich zu Frazer und warteten auf einen Bescheid.

***

Michael hob den Deckel der großen Nudelpfanne hoch und der warme Dampf schlug ihm ins Gesicht. Es roch aber sehr komisch. Abgestanden, ein wenig faul. Er spürte einen feuchten Lappen im Gesicht, welcher sein Gesicht aber nicht vom Dampf trocknete sondern nass machte. Er hörte dicht neben seinem Ohr ein Keuchen. Er zuckte zusammen. Er hatte geträumt. Schlagartig war er zurück in der Realität. Wieder fühlte er den nassen Lappen im Gesicht. Er öffnete die Augen und sah direkt vor sich die Reißzähne des Wolfes. Er biss aber nicht zu. Er hechelte ihm seinen warmen Atem ins Gesicht und leckte ihn immer wieder ab. Michael traute sich kaum, sich zu bewegen. War das möglich? Langsam hob er den Kopf aus dem Schnee und beobachtete, wie der Wolf sofort ein, zwei Meter auf Abstand ging. Er sah trotz der Dunkelheit deutlich die beiden großen Augen, die ihn anblickten, das leise Winseln, vermischt mit noch leiserem Knurren. Hat ihn soeben der Wolf geweckt? Er glaubte zu fantasieren, doch hörte er das Hecheln laut und deutlich.

Er musste sich zuerst einmal sammeln. Dann versuchte er aufzustehen. Der Wolf tänzelte nervös im Schnee hin und her, also wollte er Michael sagen: „Los steh auf und lauf! Lauf so schnell du kannst!"

Irgendwie verspürte Michael keinerlei Angst mehr vor diesem merkwürdigen Tier. Im Gegenteil.

Mit aller Kraft versuchte er aufzustehen aber die Beine machten nicht mehr mit. Er sackte wieder zusammen und blieb auf den Knien. Er schaute hinüber zum Wolf, welcher nun laut knurrte, seine Lefzen hochzog und seine Fangzähne zeigte. Er blickte aber nicht mehr Michael an, sondern an ihm vorbei hinüber zum Birkenwald. Dort konnte Michael zwei dunkle Schatten ausmachen, die den Bäumen entlang durch den Schnee huschten. Panik ergriff Michael. Erneut versuchte er aufzustehen, schaffte es aber nicht. Aus den zwei Schatten wurden drei. Er wusste, was ihn nun erwartete. Die Wölfe umgingen ihn und verteilten sich kreisförmig um ihn herum. Der große, schwarze Wolf neben ihm legte seine Ohren dicht an den Schädel, senkte den Kopf, und knurrte. Michael konnte seine Gedanken nicht mehr ordnen. Es konnte unmöglich sein, dass sich der Wolf zusammen mit ihm gegen die Angreifer stellte. So etwas gab es einfach nicht! Michael riss die Augen ganz weit auf, um den Albtraum zu beenden, es änderte sich aber nichts. Die Wölfe kamen näher und näher.

***

Casper und Bagley näherten sich zu Fuß dem Container. Ganz leise schlichen sie um die Ecke und sahen sofort, dass das Schloss am Tor fehlte. Der Polizist gab Casper ein Zeichen, dass er warten soll. Dann schaltete dieser die Handlampe ein und riss das Tor auf. Mit gezogener Waffe sprang er hinein und leuchtete den Innenraum aus. „Kommen sie herein", rief er kurz darauf und Casper schlüpfte ebenfalls durch den schmalen Spalt ins Innere.

In der Ecke sahen sie einen menschlichen Körper, dick eingehüllt in Decken, Planen und Lumpen. Bagley näherte sich mit der Waffe im Anschlag, rutschte aus und fiel hin. Er hätte fast noch Casper umgerissen. Er fluchte und rappelte sich sofort wieder auf. Der Strahl seiner Handlampe leuchtete auf den Boden. Dort sahen sie eine gefrorene Lache, vermutlich ein Gemisch aus Blut und Urin.

Bagley riss die gefrorene Decke weg. Nun erkannte Casper das aufgedunsene Gesicht von Albert.

„Das ist Albert", platzte er heraus. Albert reagierte nicht. Der Polizist tastete sich heran und schüttelte Albert am Kopf. Er reagierte nicht. Bagley beugte sich über ihn und horchte an seinem Mund.

„Er atmet!", sagte er und versuchte Albert erneut aufzuwecken.

„Sein Körper glüht", murmelte er und trat mit dem Funkgerät in der Hand ins Freie.

„Wir haben Albert gefunden. Er atmet noch, ist aber bewusstlos und hat hohes Fieber!", gab er durch.

Frazer antwortete: „Und Michael?"

„Nicht hier!"

„Packt ihn in die Rettungsfolien und in die Felldecken ein. Versucht nicht, ihn auf den Schlitten zu laden!"

„Warum das?", sagte Casper fragend zum Polizisten.

„Bergungstod nennt man das. Wenn ein Körper stark unterkühlt ist, sollte man ihn nicht zu heftig bewegen. Denn dann fließt das unterkühlte Blut zum Herzen und ins Gehirn. Er würde innert Sekunden sterben!"

„Und was sollen wir jetzt tun?"

„Wir packen ihn ganz vorsichtig in Folie und in die Decken ein und warten. Mein Chef wird mit einem Anhänger kommen. Dann können wir ihn zu viert und vorsichtig hinaustragen. Auf dem Schlitten können wir ihn dann liegend transportieren."

Sie versuchten immer wieder Albert aufzuwecken aber es gelang nicht. Ihnen blieb nichts Anderes übrig, als zu warten.

***

Der erste Wolf griff von hinten an. Michael hatte den Revolver in der Hand, wäre aber zu spät gekommen. Doch bevor der Wolf zum Sprung ansetzen konnte, warf sich ihm der schwarze Wolf entgegen. Schnee flog auf! Knurren und Winseln vermischten sich zu einem Kampflärm. Die anderen beiden Wölfe setzten zum Angriff an. Michael zielte auf den näheren und drückte ab. Der Wolf fiel einen Meter vor Michael in den Schnee. Doch der dritte setzte seinen Angriff fort. Er sprang Michael an und warf ihn nach hinten. Er versuchte, mit den Armen den Angriff abzuwehren und es gelang ihm den Wolf am Fell beim Hals zu packen und von sich wegzuzerren. Neben ihm beendete der schwarze Wolf den Kampf mit einem tödlichen Biss in die Kehle seines Gegners. In diesem Moment zerriss ein Knall die Luft und der Wolf über Michael wurde ihm buchstäblich aus der Hand gerissen. Dann erfolgte ein zweiter Schuss und es war wieder still.

Völlig verwirrt rappelte sich Michael auf, stand mit zittrigen Beinen und wankendem Oberkörper da und schaltete die Taschenlampe ein. Um ihn herum lagen drei tote Wölfe. Der Schwarze war nicht dabei. Er konnte ihn auch nirgendwo ausmachen.

Motorengeräusch kam näher und Michael wurde von den Scheinwerfern von zwei Schneemobilen geblendet. Er hielt sich schützend die Hand vor das Gesicht und blickte den Lichtern blinzelnd entgegen. Sie kamen näher und hielten schließlich vor ihm an. Er sah, dass es vier Männer waren. Einheimische. Der eine zog die dicke Fellmütze aus dem Gesicht. Nun erkannte Michael Kyhenjik!

„Das war wohl in letzter Sekunde!", sagte dieser und kam auf Michael zu.

Dieser stand keuchend, mit offenem Mund da und starrte seine Retter an. Dann machte er einen unsicheren Schritt auf Kyhenjik zu und fiel ihm direkt in die Arme. Er heulte los wie ein Kind.

„Danke..., Kyhenjik..., ich danke... dir!", schluchzte er

Kyhenjik hielt ihn einen Augenblick und sagte dann: „Komm jetzt mit! Es gibt da ein paar Menschen, die auf dich warten!"

Zu zweit halfen sie ihm die Schneeschuhe auszuziehen und setzten ihn dann direkt hinter Kyhenjik auf das Schneemobil. Der andere setzte sich zuhinterst auf die Sitzbank, packte Michael an den Schultern und sorgte dafür, dass er nicht hinunterfallen konnte.

Bevor sie losfuhren, ging einer der Indianer zu den toten Wölfen, legte sie nebeneinander in den Schnee, hielt seine Hand über sie und murmelte etwas vor sich hin.

***

Als Frazer mit dem Anhängerschlitten an seinem Schneemobil beim Container auf der Wilkinsonparzelle ankam, waren Casper und Bagley daran, den verletzten Albert fertig einzupacken.

Sein Zustand war unverändert.

Gemeinsam hoben sie ihn an und legten ihn vorsichtig auf die dicke Felldecke im Schlitten. Dann deckten sie ihn mit einer weiteren Felldecke zu und banden ihn fest. Casper hockte sich daneben, um reagieren zu können, falls sich Albert übergeben müsste.

So fuhren sie los. Ganz langsam, damit Albert durch die Bodenwellen nicht zu fest durchgeschüttelt wurde.

***

Als Kyhenjik voran auf die Lichtung vor der Wilkinsonhütte fuhr, stand Eleonore am Fenster. Sie wusste noch nicht, dass Kyhenjik Michael gefunden hatte. Erst als sie direkt vor der Hütte anhielten und sich im schwachen Schein der Außenlaterne abzeichnete, dass ein dritter Mann auf dem Schlitten hockte, schnellte sie auf. Doch dann erkannte sie an Jacke und Stiefeln, dass es Albert sein musste. Als Frazer die Nachricht von Alberts Auffinden empfangen hatte und sofort aufgebrochen war, um ihn zu holen, hatte Eleonore geschlafen und deshalb noch nichts gewusst.

Ihr Magen zog sich zusammen und ihr wurde schwindlig. Sie krallte sich am Türpfosten fest. Ron, welcher herbeieilte, konnte sie gerade noch auffangen, bevor sie ohnmächtig zusammenbrach.

Ron warf einen kurzen Blick durchs Fenster und sah, wie die Männer den Verletzten zur Hütte trugen.

Er selber nahm Eleonore auf den Arm und brachte sie zum vordersten Bett. Kaum legte er sie hin, kam sie wieder zu sich und blickte Ron verwirrt an.

„Ganz ruhig, Eleonore. Er wird dir nichts tun!", sprach Ron ruhig auf sie ein.

Dann ging die Tür auf und die Männer brachten den Verletzten in den Raum. Drinnen zogen sie ihm zuerst die Fellmütze der Jacke zurück.

Peter und Rosie riefen fast gleichzeitig: „Dad? Du bist wieder da!"

Eleonore schnellte auf wie eine Feder und starrte zu Michael, den sie für Albert gehalten hatte. Dann stotterte sie: „Michael, endlich bist du da!"

Sie stand auf und torkelte auf Michael zu. Sie wollte ihn umarmen, doch Kyhenjik hielt sie zuerst noch davon ab. „Aus dem Weg! Wir müssen ihn hinlegen!"

Sie schleiften Michael an Eleonore vorbei und legten ihn auf das Bett. Erst jetzt konnte sie ihren Mann umarmen. Sie küsste ihn und betrachtete den erschöpften Gesichtsausdruck. Michael konnte kaum die Augen öffnen. Seine Lippen waren aufgesprungen, die Augenlieder blutunterlaufen und die Haut glasig und eiskalt.

Eleonore öffnete seine Jacke, zog ihm die Stiefel aus und legte ihn ganz auf das Bett. Er flüsterte: „So schnell wirst du mich nicht los!"

Dann sackte er erschöpft in sich zusammen und schlief augenblicklich ein.

Während Eleonore und Kyhenjik die Wunde an Michaels Fuß säuberten und desinfizierten, ging Ron nach draußen und gab Betty mit dem Satellitentelefon Bescheid. Sie freute sich riesig.

Als er in die Hütte zurückkam, war Michaels Fuß bereits dick eingebunden.

„Er muss dingend in ein Hospital. Die Wunde ist entzündet. Sieht nach Blutvergiftung aus!", murmelte Kyhenjik.

Wenig später hörten sie draußen erneut Motorenlärm. Ron blickte hinaus und sah das Schneemobil der RCMP mit dem Schlitten hinten dran. Danach folgte Bagley auf seinem Fahrzeug.

Frazer staunte nicht schlecht, als ihm Kyhenjik und seine Männer entgegenliefen und berichteten, dass sie Michael gefunden hatten.

Mit vereinten Kräften hoben sie Albert vom Schlitten und trugen ihn hinein.

„Auf das andere Bett!" rief Ron und schlug die Decke zurück.

Vorsichtig wickelten sie Albert aus den Decken. Er war immer noch bewusstlos. Sie zogen ihn bis auf die Unterwäsche aus.

„Er muss sich jetzt ganz langsam aufwärmen. Wir werden das mit der Rettungsfolie regulieren. Wenn er zu schnell aufwärmt, stirbt er!", sagte Bagley und setzte sich neben Albert aufs Bett.

Frazer entfernte den improvisierten Verband aus Stofflappen von der Wunde und seufzte: „Das sieht schlecht aus!"

Die Wunde war entzündet und bildete einen weitläufigen roten Hof. Die Wundränder waren gelb und vereitert. Mit vereinten Kräften reinigten sie die Wunde, so gut es ging, und packten eine dicke Schicht Wundsalbe darauf. Mit einer richtigen Mullbinde deckten sie die Wunde wieder zu.

„Auch er muss dingend ins Hospital. Ich denke, dass er keine vierundzwanzig Stunden mehr hat!", murmelte Frazer.

Einen Moment lang hockten alle irgendwo und es war still. Dann plötzlich rief Eleonore: „Rick und Hank? Was ist mit ihnen?"

Alle blickten sich an und Ron sagte: „Mist! Die wissen ja noch gar nichts. Die sind immer noch da draußen und suchen nach Albert und Michael!"

***

Rick und Hank kamen vom letzten Sektor zurück zur Baracke. Sie waren am Ende ihrer Kräfte. Auf dem Schneemobil hockend, aßen sie Schokolade. Beide starrten in den Schnee. Sie hatten keinen der beiden Männer gefunden. Alles war umsonst gewesen!

Nach einer Weile betrat Rick die Baracke und leuchtete auf die Karte.

„Hank! Warum haben die anderen die beiden letzten Sektoren nicht mehr angefahren?", rief er erstaunt.

Hank kam herein und murmelte: „Keine Ahnung. Ist ihnen vielleicht etwas passiert?"

„Der Polizist hat ein Funkgerät dabei. Wenn es so wäre, hätte er Hilfe anfordern können."

Sie standen ratlos vor der Karte und dachten nach.

„Oder, sie haben sie gefunden und die Suche abgebrochen!", platzte Rick heraus.

„Das wäre möglich. Hätten sie dann nicht eine Nachricht hinterlassen?"

„Vielleicht haben sie die beiden irgendwo da draußen gefunden. Näher bei der Wilkinsonhütte. Dann wäre ich auch nicht zuerst hierhergefahren."

„Was sollen wir tun?"

„Ich schlage folgendes vor: Wir fahren zu den Mullers und holen die Hunde ab. Dann fahren wir auf dem direkten Weg zu den Wilkinsons. Wenn die anderen schon dort sind, gut. Wenn nicht, laden wir die Hunde ab und suchen weiter!"

„Einverstanden. Wir werden aber nicht den gleichen Fehler machen. Wir hinterlassen hier eine Nachricht!", ergänzte Hank zustimmend.

Sie tankten nochmals auf und fuhren los.

Als sie die Scheune bei den Mullers öffneten waren die Hunde schon sehr aufgeregt. Cooper humpelte Rick entgegen und ließ sich durchkneten, während Hank eine Ration Kuschel an Zeus abgab. Sie gingen mit den Hunden ins Freie und legten sie quer über die Sitzbank. Sie kannten das von früher. Hinter- und Vorderläufe stellten sie auf die seitlichen Trittbretter und der Bauch lag auf der Sitzbank. So konnte Hank ganz zuhinterst aufsitzen und die beiden am Fell festhalten.

Sie schlugen den direkten Weg zu den Wilkinsons ein.

***

Die beiden Polizisten zogen sich wieder warm an und machten die Schneemobile abfahrbereit. Ein Funkgerät ließen sie in der Hütte. Ihr Ziel war die Baracke auf der Mullerparzelle. Sie wollten dort auf die anderen warten, wenn sie zum Tanken kamen.

Sie fuhren los und holten alles aus ihren Schneemobilen, was an Leistung da war. Sie zogen eine dichte, aufgewirbelte Schneewolke hinter sich her.

Als sie bei der Baracke eintrafen, sahen sie die Spuren davor im Schnee. Bagley lief in die Baracke und fand die Nachricht.

„Wir haben sie verpasst. Sie haben die Hunde geholt und sind von dort direkt zur Wilkinsonhütte gefahren."

Sofort saßen sie wieder auf und nahmen die Abkürzung hinunter zur Direkt-Route von der Muller- zur Wilkonsonhütte.

Als sie bei der Verzweigung dort eintrafen, sahen sie die frischen Spuren im Schnee und folgten ihnen mit Vollgas. Noch vor der Wilkinsonütte sahen sie vor sich das Rücklicht des Schneemobiles im Schneegestöber aufblinken. Rasch hatten sie aufgeschlossen, überholten und rasten voraus, damit die anderen den Spuren folgen konnten.

Gemeinsam erreichten sie die Hütte, wo viele Menschen aus der Tür ins Freie traten.

„Gott sei Dank!", rief Eleonore.

Rick, Hank und die beiden Polizisten stoppten, stiegen ab und gingen auf die Leute zu.

„Alle vereint!", rief Frazer und klopfte sich den Schnee von der Jacke. Eleonore umarmte Rick.

„Wurden beide gefunden?", fragte er aufgeregt.

„Ja. Michael ist ansprechbar und schläft jetzt tief. Er hat aber mittlerweile hohes Fieber. Albert ist schlimmer dran. Er ist bewusstlos und kämpft gegen den Tod!"

Schließlich gingen alle wieder in die warme Hütte, welche nun aus allen Nähten zu platzen drohte.

Kyhenjik schilderte, wie sie Michael vor den Wölfen gerettet haben und alle hatten irgendetwas zu erzählen.

Rick bekam nichts mehr mit. Er war fix und fertig. Kaum hatte er sich auf den bequemen Fauteuil beim Ofen gesetzt, fiel er in tiefen Schlaf.

Frazer funkte nach Old Crow und bestellte den Hubschrauber, der gleich den Arzt mitbringen soll.

***

Michael erwachte in einem Spitalzimmer des General Hospitals in Vancouver. Sein Fuß war dick einbandagiert und hochgelagert. Ebenso seine linke Hand. In seiner Armvene steckte eine Infusion und aus einem Beutel tropfte unaufhörlich eine Flüssigkeit in seinen Körper.

Er hörte neben sich ein leises Rascheln und legte den Kopf zur Seite. Eleonore legte eine Zeitschrift weg, blickte ihn an und sagte: „Hallo Großer! Bist du wieder unter den Lebenden?"

Außer einem Glucksen brachte Michael noch keinen Laut heraus.

Eleonore strich ihm über die Stirn und meinte: „Du hast Glück gehabt. Sie haben vier Stunden operiert. Dein Fuß sollte bald wieder zu gebrauchen sein."

Als Michael das nächste Mal erwachte, war Eleonore immer noch bei ihm.

„Hallo Schatz", presste er hervor. Sie lächelte.

„Was ist passiert?", fragte er mit dünner Stimme.

„Sie haben dich mit dem Hubschrauber nach Whitehorse gebracht. Dort wurde deine Wunde versorgt und dann haben sie dich mit einer

Maschine nach Vancouver geflogen. Sie konnten dort nicht richtig operieren. Jetzt bist du hier im General."

„Was ist mit den Kids?"

„Sie sind für ein paar Tage bei Betty und Ron in Old Crow. Sie warten sehnsüchtig, bis du zurückkommst."

Michael zögerte und fragte dann leise: „Was ist mit Albert?"

„Er war in der gleichen Maschine wie du. Sie haben ihn heute das dritte Mal operiert. Er hat eine starke Blutvergiftung und seine Schulter ist gebrochen. Zudem hat er so viel Blut verloren, dass er eigentlich hätte sterben müssen. Er hat Erfrierungen an Fingern und Zehen. Die Ärzte wissen noch nicht, ob amputiert werden muss."

„Und alles nur wegen diesem verdammten Schädel!", murmelte Michael einen Augenblick später.

„Ach ja, das weißt du ja noch gar nicht. Der Schädel wurde gefunden! In der Wilkinsonhütte, unter einer grünen Plane, welche jemand auf die Blechkiste gelegt hatte.

Michael starrte Eleonore mit aufgerissenen Augen an. „Im Ernst? Die Plane habe ich dort hingelegt!"

„Na dann bist du auch ein bisschen Schuld am Ganzen!", grinste Eleonore.

„Weiß es Albert?"

„Nein, wir konnten es ihm noch nicht sagen."

„Er muss es wissen! Eli, bitte lass es ihm ausrichten. Das wird ihn freuen und ihm neue Kraft geben!"

„Nur ruhig, Brauner!", machte Eleonore, „der Typ wollte dich erschießen und er hat unsere Hütte abgefackelt! Also kein Grund, ihn zu bemitleiden!"

„Ja stimmt. Du hast Recht. Trotzdem, ich…"

„Pssst…, sei jetzt still und teil dir deine Kräfte ein. Ich werde sehen, was ich tun kann", antwortete Eleonore und streichelte Michael, bis er wieder eingeschlafen war.

***

Epilog

Die Mullers durften bis im kommenden Herbst bei Ron und Betty in Old Crow wohnen. Den Kindern gefiel es dort und Michael hatte genug Zeit, über den Sommer die Hütte neu aufzubauen. Rick und Ron waren in dieser Zeit mehr dort als zuhause und halfen, wo sie nur konnten. Schließlich, im frühen Herbst, konnten die Mullers zurück zu ihrer Hütte, um ihr Leben zu leben, dort und vor allem so, wie sie es liebten.

Ricks Revolver wurde von der RCMP beschlagnahmt und er musste eine Busse von achtzig Dollar bezahlen. Er hat sich noch am gleichen Tag einen neuen Revolver gekauft. Cooper, sein Leithund, wurde wieder ganz gesund. Er und Zeus dienten als Vorbilder für die vier jungen Schlittenhunde, die Rick in Eagle Planes kaufte.

Auch Albert wurde wieder gesund. Das Gericht verurteilte ihn in erster Instanz zu zwei Jahren Gefängnis. In der Berufung sagte Michael aus, dass er für seinen Schaden keine Wiedergutmachung wünscht und dass er Albert verzeiht. Das Gericht ließ sich durch diese Aussage dazu bewegen, Albert zu lediglich einem Jahr Gefängnis zu verurteilen. Mit der Auflage einer dreijährigen Bewährungszeit nach Verbüßung der Strafe. Das Jahr im Gefängnis konnte er auf die nächsten beiden Winterhalbjahre aufteilen. Aber er musste innerhalb der nächsten zwei Jahre sechshundert Stunden allgemeinnützige Arbeit leisten.

Er hatte sich nach seiner Rückkehr bei Michael und der Familie entschuldigt. In den Sommermonaten war auch er sehr häufig bei Michael und half beim Wiederaufbau der Hütte. Diese Tage konnte er voll auf die gemeinnützige Arbeitszeit buchen. Seine Schulter machte immer noch Probleme aber er tat was er konnte. Einen Großteil der Kosten für den Wiederaufbau der Hütte deckte er mit seinem Anteil aus dem Erlös für den Verkauf des Schädels. Seine Spielschulden konnte er ebenfalls begleichen.

Hank und Casper führten die Wilkinsonparzelle in dieser Zeit alleine, hielten aber Alberts Arbeitsstelle für ihn frei.

Frazer, der ältere Polizist der RCMP, wurde im Sommer nach Whitehorse versetzt und hoffte, bis zur Rente dort bleiben zu können. Bagley, der Jüngere blieb auf der Dienststelle in Old Crow und wurde im Sommer darauf befördert.

Das große Sommerfest der Vuntut Gwitchin in Old Crow war einmalig gelungen. Erstmals vermischten sich dabei die Ureinwohner und die Zuwanderer. Michael bezahlte einige Runden Getränke und betonte bei jeder Gelegenheit, dass er ohne die Hilfe der Vuntut heute nicht mehr unter den Lebenden wäre. Diese fühlten sich richtigerweise geschmeichelt und zeigten freundschaftliche Dankbarkeit.

Man konnte sagen, dass die Vorfälle des vergangenen Novembers eine Veränderung im Dorf bewirkt hatten. Plötzlich sprachen die Menschen miteinander, sie grüßten sich, sie kauften in den anderen Shops ein und waren hie und da für ein spontanes Getränk zu haben.

Die Kinder hänselten Albert, wenn sie ihn beim Wischen des Vorplatzes vor dem Gemeindehaus sahen. Aber das war in Ordnung. Strafe muss sein.

***

Eines Tages ging Michael zu Kyhenjiks Mobilehome. Er klopfte an die Tür und Kyhenjik öffnete.

„Michael, welch freudige Überraschung!", sagte er und bat ihn herein.

„Kyhenjik, ich möchte etwas mit dir besprechen", begann Michael, während er sich hinsetzte.

„Schieß los, wo drückt der Schuh?"

„Da draußen, als ihr mich gefunden habt, war etwas Seltsames passiert. Ich wurde von einem Wolf beschützt!"

Kyhenjik runzelte die Stirn. Er kniff seine Augen zusammen und lehnte sich nur scheinbar entspannt am Polster an.

„Wirklich, glaub mir! Zuerst hat er mich unter dem Baum belagert und ich dachte, dass er mich fressen wollte. Doch dann ist er mir gefolgt. Als ich erschöpft war, die Besinnung verlor und im Schnee lag, hat er mir das Gesicht abgeleckt und mich aufgeweckt, damit ich nicht erfriere. Er hat mich vor den herannahenden Wölfen gewarnt und dann sogar gegen sie gekämpft! Er hat einen von ihnen getötet!

Als ihr dann den letzten Wolf über mir erschossen habt, ist mein Beschützer schleunigst verschwunden!"

Kyhenjik hörte aufmerksam zu. Er dachte nach. Nach einer Weile sagte er: „Michael, an der Schwelle zum Tod sehen und erleben wir Dinge, die uns unmöglich erscheinen. Wir können sie sehen, andere nicht. Und das macht die Menschen fast verrückt. Denk nicht weiter daran und sei froh, dass du überlebt hast!"

„Aber…"

„Bitte! Michael, lass es auf der Sache beruhen. Es gibt hier oben keine großen, schwarzen Wölfe!"

Michael schaute Kyhenjik zuerst verwundert an, begann zu lächeln und fragte dann:

„Kyhenjik, woher weißt du, dass es ein großer, schwarzer Wolf war?"